AF246752

HENRI CALLAND

ZITA

LA BOHÉMIENNE

Prix : 50 centimes

PARIS

Chez **LEDOYEN**, Libraire, Galerie d'Orléans, 31

Palais-Royal

OEUVRES COMPLÈTES

DE M.

HENRI CALLAND.

ZITA

LA BOHÉMIENNE.

PREMIÈRE PARTIE.

I.

On se plaint généralement que l'Espagne d'aujourd'hui, malgré les progrès incessants des peuples qui l'entourent, demeure plongée dans une apathie profonde, une immobilité dont rien ne saurait triompher. En vain, elle voit ses voisins tourmentés par une fièvre qui les presse et les dévore, enfanter à chaque instant de nouveaux miracles dans les arts, dans les sciences, dans les lettres; déployer toutes les ressources de l'intelligence, toute la puissance du génie pour embellir leurs villes, améliorer leurs ports, féconder leur sol, se créer par une succession rapide et non interrompue d'inventions et de perfectionnements de nouvelles jouissances et de nouveaux conforts; en vain chez ces peuples remuants et travailleurs les canaux se creusent et s'étendent à des distances infinies, comme de vivantes artères qui font circuler le fleuve de la vie et de la civilisation dans toutes les provinces d'un même empire; en vain, les chemins de fer, croissant et s'étendant avec une rapidité merveilleuse, viennent souder les uns aux autres leurs gigantesques tronçons. L'Espagne seule se tient en dehors de ce mouvement général: fière et hautaine, insoucieuse de l'avenir, elle détourne la tête enveloppée de son manteau de brocard, qui laisse à travers de larges ouvertures, percer sa nudité qu'elle cherche en vain à dissimuler.

Abritée derrière l'infranchissable rempart des Pyrénées, enceinte de trois côtés par les flots de la mer, elle est plus séparée du monde que si, comme l'Angleterre, elle était entièrement enveloppée par le vaste Océan: celle-ci du moins, quoiqu'isolée de fait des autres peuples, s'y rattache néanmoins de la manière la plus étroite par la multiplicité de ses relations commerciales; les sillons tracés sur les flots par ses navires innombrables, sont comme des fils invisibles mais puissants, qui établissent entre elle et les nations les plus éloignées du globe, des rapports permanents, des connexités indestructibles.

Faut-il toutefois plaindre l'Espagne de cette situation exceptionnelle qu'elle s'est faite depuis si longtemps, et qui paraît devoir encore se perpétuer dans l'avenir; les autres peuples jouissent, il est vrai, des raffinements de la civilisation et du luxe: les chemins de fer abrègent pour eux les distances, les transportent sans peine, sans fatigue, sur des routes aplanies; point d'obstacles, point d'accidents d'aucune sorte ; leur vie est tranquille , paisible ; ils s'avancent dans leur existence comme on marche sur les allées sablées d'un jardin ; mais aussi ces avantages ne sont-ils pas achetés bien chèrement? cette médaille n'a-t-elle pas son revers? l'ennui , le redoutable ennui, la plus terrible maladie des sociétés modernes , vient peser de tout son poids sur ces âmes allanguies ; une implacable uniformité les enveloppe et les écrase. A part quelques rares esprits qui s'élèvent au-dessus de la foule , l'homme est aussi semblable à l'homme qu'une pièce de monnaie ressemble à une autre pièce de monnaie, que le galet roulé sur le rivage par le flot de la mer est pareil à un autre galet; depuis la princesse assise sur les marches du trône à qui la mode ne permet plus l'usage de ces costumes éblouissants que paraient autrefois les illustres personnages , jusqu'à la femme la plus simple et la plus modeste , la coupe des vêtements est la même , sinon l'étoffe ; la possession de l'argent établit seule entre tous de légères différences , qui tendent de plus en plus à s'effacer ; sur le chemin de fer , de brillants compartiments sont réservés sans doute à celui qui paie davantage , mais tous, quels qu'ils soient, participent au même service, à la même célérité ; les nations de jour en jour se mêlent et se confondent , les idiomes, les langues finiront par se confondre aussi dans un langage universel ; les signes caractéristiques de chaque peuple s'effacent rapidement ; les costumes variés, pittoresques de la Suisse , des bords du Rhin , de l'Allemagne , qui charmaient les yeux des voyageurs , qui comme autant de signes animés , leur désignaient les lieux où ils portaient leurs pas, et se gravaient dans leur âme en traits ineffaçables, qui se mariaient dans leur mémoire aux souvenirs des montagnes alpestres, des lacs bleus, miroirs du ciel, des fleuves impétueux, des torrents jaillissant du sein des glaciers , des forêts peuplées de bêtes fauves , tout cela s'évanouit comme un rêve délicieux, pour faire place à la froide réalité, à l'habit noir étriqué, au pantalon disgracieux, au chapeau maussade qui menacent de tout envahir ; à force d'abattre et de combler, les bois immenses disparaissent : ce ne sont plus que monotones prairies , plaines sans bornes , sans limites, que n'égaiera même plus la cime touffue de quelque chêne oublié dans la proscription générale. Sous prétexte d'égaliser le terrain on fera descendre au niveau des champs ces côteaux riants qui couronnent les fleuves de leurs mamelons arrondis , les châteaux ruinés qui les dominent : ces débris vénérables des anciens âges , disparaîtront sous le marteau des démolisseurs , pour édifier avec les morceaux de leurs pierres vénérables quelqu'utile digue ou quelque vulgaire moulin.

On a essayé cependant de colorer de quelques rayons de poésie les choses de notre époque qui en sont les moins susceptibles : aux ailes d'Icare, aux dragons volans de Médée, à la flèche d'or du scythe Abaris qu'Apollon lui avait donnée pour traverser les airs , on a opposé les ballons ventrus traînant après eux d'imperceptibles nacelles ; les locomotives aux flancs de cuivre, aux vis d'acier , toussantes et sifflantes, comme un vieillard rachitique, expectorant du fond de leur gosier d'airain des lambeaux déchiquetés de fumée blanchâtre ; les colossales cheminées à vapeur, plus hautes que les anciens clochers , vomissant sans relâche, le jour des torrents de fumée noire, la nuit des gerbes d'étincelles éblouissantes ; mais de quelqu'imagination que l'on suppose doués les admirateurs du temps présent , n'est-il pas vrai de dire que les illusions dont ils cherchent à s'envelopper se déchirent et se dissipent fatalement au souffle glacial de la réalité.

Est-il rien de plus odieusement triste que ces immenses tuyaux de brique qui fatiguent les yeux de leurs teintes rougeâtres, qui salissent avec la poussière de leurs miasmes charbonneux la splendeur et la sérénité du ciel? est-il rien de plus monotone, de plus insupportable pour le voyageur, ami des beautés de la nature, que ces chemins de fer percés au travers des collines crayeuses , obstruant la vue avec leurs talus dénudés , ou si par hasard quelque séduisante perspective se dévoile , ne permettant à l'observateur que d'y jeter un regard fugitif, emporté qu'il est par l'impétueuse machine ?

Comment ne pas succomber au plus mortel ennui en voyant se succéder avec une persistance déplorable ces grands poteaux jaunes , alignés comme des soldats russes à la parade, soutenant enchassés dans la porcelaine des fils interminables ; ces guérites d'employés , ces maisonnettes de gardiens , ces barrières, ces stations qui semblent avoir toutes été découpées sur le même modèle, jetées dans le même moule, comme si les architectes de notre bienheureuse époque avaient éprouvé une sainte horreur de cette variété de site , de cette diversité dans l'aspect des monuments qui pourtant seules charment et séduisent l'esprit élevé et intelligent ?

Si du moins à la rigueur on peut admettre , en y mettant quelque bonne volonté, que la machine à vapeur courant à travers les ombres de la nuit avec une rapidité fantastique , et semant sur la route une pluie de rouges charbons éparpillés au souffle de la brise, simulent des monstres enflammés, dévorant l'espace et remplissant les lieux d'alentour du bruit de leurs rugissements formidables ; quelle consolation même imaginaire pourra se créer le véritable ami des arts, en voyant journellement, sur tous les points du territoire qu'il habite , les plus anciens , les plus vénérables monuments s'écrouler et s'ensevelir sous leurs propres débris, où, si quelque respect, quelque honte retient encore ceux dont le devoir était de veiller à leur conservation , subir l'insulte et l'outrage de restaurations inintelligentes, stupides et barbares ; en assistant à la chute de ces grands arbres , de ces forêts séculaires, qui couronnaient autrefois jusqu'à la cime les monts les plus élevés, y retenaient la terre végétale, arrêtaient comme une barrière infranchissable la violence des vents impétueux, conservaient sous leurs racines, à l'abri de leur feuillage, le précieux dépôt des sources, tandis que maintenant ces mêmes vents ne trouvant plus d'obstacle qui les arrête, fouettent sans relâche de leurs longues rafales les sommets dépouillés des montagnes, arrachent, dispersent et emportent comme une vaine poussière le sol fécondateur, mettent à nu les os décharnés de ces colosses sans défense, dessèchent et tarissent jusqu'au fond de leurs entrailles, les eaux vivifiantes qui portaient aux plaines et aux vallées leur salutaire tribut.

L'Espagne du moins s'est conservée vierge de ces dévastations vandalesques , de ces meurtres brutaux accomplis au nom de la civilisation : si son écorce est rude et sauvage, si comme le fruit du châtaignier qui se hérisse d'épines , elle s'entoure d'une ceinture de montagnes blanchies par les neiges éternelles, surmontées de pics de glace, si elle fait rouler à ses pieds comme une défense naturelle les vagues écumantes de la Méditerranée , du moins elle conserve en elle des trésors incomparables de poésie, des souvenirs resplendissants de gloire et de chevalerie, des traditions saisissantes, des légendes mystérieuses et sacrées. Sur son sol fécond , dans ses villes pittoresques, au milieu de ses campagnes accidentées, au sein de ses sierra ténébreuses et sauvages, vivent des hommes au cœur chaud , à l'imagination ardente ,

aux passions désordonnées et turbulentes, susceptibles des plus sublimes dévouements comme des cri-
mes odieux enfantés par l'esprit de haine et de ven-
geance.

Là tout frappe, émeut, séduit, entraîne : costumes
élégants, variés, aux couleurs vives, tranchantes,
différents dans chaque province pour les hommes et
les jeunes gens, pour les femmes et les jeunes filles;
aspect magique des lieux, soit que la nature y soit
abandonnée à elle seule, et déploie à vos yeux des
scènes empreintes de grâce, de grandeur, de force
et de majesté; soit que des ruines moyen-âge, des
châteaux aux parois noircis, aux tours dentelées,
projettent au loin leurs grandes ombres à la cime de
quelque rocher; soit qu'une ville imposante, éten-
de au loin comme deux immenses bras les deux quais
prolongés de son port pour embrasser la vaste mer,
soit que semblable à un oasis vert et parfumé au sein
d'un désert, elle se développe au milieu d'une plaine
aride, désolée, contraste frappant qui saisit l'âme et
fascine l'imagination.

Si les différences que ce pays intéressant, plein de
sève et d'originalité, présente avec les autres contrées
de l'Europe, sont encore aujourd'hui vives et tranchées, elles l'étaient encore bien davantage au moment où commence cette histoire, au milieu du
siècle dernier. L'Espagne vivait alors entièrement de
sa propre vie; les relations qui existèrent alors entre
les cours de France et de Madrid n'ayant influencé
en rien les mœurs et les usages de ses habitants.

II.

C'était à la fin d'une chaude journée de prin-
temps : le soleil, dont le disque rouge, à moitié
coupé par une barre d'or, reposait presque au bord
de l'horizon d'un bleu foncé, éclairait de ses rayons
mourants un vaste amphithéâtre de montagnes et de
vallées; le centre de ce panorama grandiose était
occupé par un aride et sauvage plateau, adossé d'un
côté à un entassement de rochers escarpés, qui,
d'étage en étage allaient rejoindre un massif assez
élevé, couvert de la base à la crête d'une épaisse forêt de vieux chênes : l'autre côté descendait en pen-
tes douces jusqu'à un ravin profond, où dans les
temps de grandes pluies roulait un torrent, alors
presqu'entièrement à sec, et dont les bords étaient
garnis de saules au feuillage blanchi et tapissés de
toutes sortes de plantes aquatiques; nulle route ne
s'apercevait dans cette immense étendue de pays; un
sentier presqu'invisible conduisait du bas au sommet
du plateau, couvert çà et là de touffes de bruyères
roses et de genêts au panache doré. A l'endroit où il
touchait aux rochers, une masse assez élevée de buis-
sons et de broussailles entrelacés formant un espè-
pèce de rideau naturel, régnait environ l'espace
d'une vingtaine de pas et masquait l'entrée d'une
grotte spacieuse et régulièrement taillée, qui s'enfonçait très-avant dans le flanc de la montagne.

Au-delà du ravin se développait sur un espace de
plusieurs lieues un mélange confus de vallons coupés de collines. Ces collines paraissaient vouloir
monter et escalader l'une sur l'autre jusqu'à ce
qu'elles atteignissent les cimes plus élevées qui, se
groupant dans une courbe à peu près régulière, faisaient de toute cette campagne comme un vaste cir-
que entouré de gradins étagés. Enfin, aux extrêmes
limites où l'œil pouvait atteindre, à l'Orient, on
apercevait une ligne bleuâtre à peine saisissable,
presque de la même nuance que le ciel azuré: c'était
la mer Méditerranée.

L'aspect du paysage était à la fois sévère et impo-
sant; à l'exception du plateau dont nous venons de
parler, et dont nous décrirons tout-à-l'heure les habitants momentanés, un silence majestueux régnait
dans ce cercle immense, interrompu seulement par
les cris aigus de quelques vautours aux larges ailes
noirâtres, qui tournoyaient à une prodigieuse éléva-
tion dans les plaines de l'air. Aucun être vivant n'ap-
paraissait aux alentours, aucun champ cultivé, aucun
indice du travail des hommes ne se faisait remarquer. C'était le calme du désert, le repos de la solitude.

Il n'en était pas ainsi du reste sur la cime élevée
dont nous parlions tout-à-l'heure. Un groupe nombreux d'hommes, de femmes et d'enfants s'y était
installé depuis quelques instants; leur réunion com-
posait un tableau vraiment pittoresque et digne de
fixer l'attention d'un peintre : c'étaient des Bohémiens, de ceux qu'on appelle en Espagne *Gitanos*,
couverts de leurs pittoresques haillons; les uns non-
chalamment couchés sur un lit de bruyères, se re-
posaient délicieusement des fatigues de leur marche
du jour; d'autres assemblaient en un monceau leurs
guitares, leurs harpes fêlées et les bagages dont ils
étaient chargés; les femmes s'occupaient à préparer
un feu de broussailles; couchées ou agenouillées
auprès, elles soufflaient de toute la force de leurs
poumons pour exciter la flamme qui ne tarda pas à
briller claire et pétillante, tandis qu'au dessus d'elle
un gros nuage de fumée bleuâtre, suivant la direc-
tion du vent, s'élevait en ligne inclinée vers le ciel.

A ce moment où le crépuscule, si court dans ces
climats, cédait déjà la place à la nuit qui montait le
long du ravin, l'aspect de ces hommes au visage
bruni par les feux du soleil, aux formes athlétiques,
aux cheveux crépus, au teint cuivré, de ces femmes
et de ces jeunes filles au visage d'un ovale allongé,
à la taille généralement fine et élégante, vêtues d'é-
toffes aux couleurs vives et tranchées, de ces enfants
à la peau de bronze, aux grands yeux brillants d'un
éclat sauvage, dont les silhouettes se détachaient en
noir sur le fond du couchant rouge et enflammé,
avait quelque chose de saisissant, d'étrange et de
mystérieux.

Presque tous les hommes avaient la tête nue; leurs
cheveux noirs et lissés, retombant carrément sur
les tempes, descendaient de chaque côté jusqu'au
bas de la joue, et parderrière pendaient en longues
mèches sur leurs épaules. Leur costume se ressentait
des mille accidents de leur vie errante : une chemise
de couleur, ouverte pardevant sur la poitrine, une
culotte retenue à la ceinture par une pièce d'étoffe
d'un tissu léger et atteignant à grand peine le genou,
en composaient les parties principales. Quelques-uns
moins misérables, ou plus soigneux de leurs personne-
nes, portaient des pantalons en velours noir, serrant
étroitement le buste qu'ils dessinaient, larges et flot-
tants par le bas; leurs épaules étaient recouvertes
d'un gilet rouge croisé sur le devant, dont les bou-
tons étaient figurés par de petits grelots d'argent.

Le costume des femmes présentait plus de variété
dans la coupe, la couleur et le choix des étoffes;
plusieurs d'entre elles avaient les hanches recouvertes
d'une jupe très-ample et très-courte; à leurs cheveux, retroussés en arrière et dégageant complètement le visage, était fixée une longue aiguille d'argent dentelée en forme de flèche, qui les traversait
horizontalement; un mouchoir de soie, aux nuances
bigarrées, jeté négligemment mais non sans grâce
pardessus et bien en arrière, revenait s'attacher sous
le menton. Quelques vieilles, enveloppées des pieds
à la tête d'une longue toile roulée et serrée autour
d'elles, ressemblaient à de blancs fantômes, à des
spectres couverts de linceuls. Les plus jeunes, les
plus jolies avaient autour de leur cou de légères chaî-

nettes de métal auxquelles étaient suspendus des amulettes ou des bijoux de peu de valeur.

Les enfants étaient à peu près nus ou couverts de vieux haillons, sans qu'ils parussent cependant avoir eu à souffrir des intempéries de l'air ni des fatigues de marches forcées.

Hommes, femmes et enfants avaient, presque sans exception, un air de santé, de vigueur et de résolution, des membres svelts et bien proportionnés, et une souplesse, une agilité telles, qu'un homme à cheval, bien monté, eut pu seul égaler la rapidité de leur course.

Celui qui paraissait le chef des gitanos, homme d'une haute taille, à la barbe blanche, vêtu d'une sorte de cafetan brun, serré par une ceinture rouge, s'avança vers le bord du ravin, du côté opposé à la caverne, et se pencha en avant à travers les broussailles, comme si ses yeux exercés eussent pu sonder l'obscurité qui commençait à les environner de toutes parts; il paraissait évidemment attendre quelque chose.

— Les contrebandiers n'arrivent pas, dit-il enfin, en se relevant, avec une sorte de dépit concentré.

— Patience, Taddeo, dit un petit homme sec et nerveux, coiffé d'un turban de couleur jaunâtre, à qui évidemment s'adressait cette réflexion chagrine. Patience, nos amis sont des gens prudents qui ne s'exposeraient pas en plein jour à venir nous rejoindre; les gardes côtes sont de malins compères dont il est bon d'éviter les griffes! je gagerais que nous ne verrons rien arriver avant une heure ou deux.

— Que peuvent-ils craindre? L'endroit n'est-il pas bien choisi, nous ne sommes guère qu'à quatre lieues de Barcelone, et pourtant je ne crois pas qu'on puisse jamais découvrir cette cachette si heureusement placée, répliqua Taddeo, en repoussant d'une main les broussailles épaisses qui, en effet, obstruaient l'entrée de la caverne, de manière à la dissimuler complètement aux yeux d'un voyageur indifférent; dans ces gorges qui nous entourent, je crois qu'il ne passe pas en deux mois un seul chevrier ni chasseur de chamois; vois quelle solitude autour de nous; les contrebandiers se montreraient en plein jour à la face du soleil, que rien ne viendrait interrompre nos petits arrangements, et qu'aucun espion de la douane, aucun museau pointu des limiers de la police ne viendraient se risquer au milieu de ces fourrés.

— N'importe, je préfère des ombres bien noires au jour le plus radieux pour ces sortes d'expéditions; et même au lieu d'une nuit claire et sereine comme celle dont nous jouissons en ce moment, je voudrais un de ces temps d'orage où le vent siffle et rugit, où le tonnerre gronde, où la pluie tombe à torrents, un de ces temps enfin où il faut avoir un intérêt particulier pour tenir la campagne, pour braver la fureur des éléments,

— Tu oublies, poltron que tu es, que le chemin habituel de nos amis est le lit des torrents desséchés; comment voudrais-tu qu'ils transportassent sûrement leurs marchandises, s'ils avaient de l'eau jusqu'à la ceinture, et s'ils s'avançaient en trébuchant sur les pierres roulantes qu'entraîne le courant; hommes, mules et bagages seraient bientôt entraînés au fond des précipices. Fie-toi, comme tes camarades, à ma prudence, à ma sagacité; ne vous ai-je pas déjà tiré de bien des mauvais pas; sans moi que seriez-vous devenus à la dernière affaire, près de Victoria, quand il a fallu jouer des couteaux et des espingoles avec les douaniers qui nous poursuivaient? Va, va, bien fin sera celui qui attrapera le vieux Taddeo; il a plus d'un tour dans son sac, et

les paysans badauds qui le regardent la bouche béante et les yeux écarquillés, quand il pérore dans les marchés et les foires, ne connaissent pas encore le fond de sa gibecière. Ayez confiance, Kaly, ayez confiance.

Pendant ce colloque, le souper de la bande avait été préparé; les femmes retiraient des marmites fumantes les mets de toute sorte qu'elles avaient fait cuire à la hâte; chacun prenait part au festin avec cette avidité à demi-sauvage, cette sensualité gloutonne qui distingue les bohémiens; c'était un bruissement confus d'instruments de fer avec lesquels ils piquaient la viande, qu'ils séparaient ensuite au moyen de leurs larges couteaux, faits plutôt pour s'escrimer dans une mêlée que pour figurer dans un repas; c'était un mélange singulier de voix rauques ou vibrantes d'hommes, de cris plaintifs et de chants de femmes, de piaulements d'enfants s'ébattant et se roulant sur la terre couverte d'un ras gazon.

Lorsque la faim fut appaisée, une nouvelle animation sembla s'emparer de toute cette troupe désordonnée; à un signal donné par Taddeo, cinq des gitanos commencèrent à accorder leurs harpes et leurs guitares et à exécuter le prélude d'un air passionné qui fit bondir à l'instant d'aise et de plaisir toutes les jeunes gitanas.

— *El zapateado, el zapateado*, s'écrièrent-elles d'une voix unanime.

Et toutes ces femmes et ces jeunes filles, lançant des flammes de leurs yeux noirs, s'entremêlaient, se croisaient, glissant légèrement sur le sol, en donnant à leurs membres flexibles mille poses abandonnées, mille souplesses hardies : tantôt une main repliée sur la hanche, elles marquent avec le pied chaque mesure et chaque temps de la mesure; d'autrefois, frappant à coups redoublés sur le tambour de basque qui résonne et frémit dans son cercle de cuivre, elles tendent une de leurs jambes en avant, tandis que l'autre, rejetée en arrière, supporte tout le poids de leur corps, qu'elles tiennent en équilibre par un effort qui n'a rien de pénible ni de disgracieux. Elle était réellement enivrante, cette danse terre-à-terre, où l'agilité des jambes n'entrait pour rien, mais dont le charme éclatait dans chaque pose, dans chaque mouvement, dans les regards animés de désirs et de feu des danseuses, dans l'expression pétulante de leur physionomie, dans leurs bouches souriantes, dans les ondulations de leur corps harmonieusement balancé, qui, hardiment cambré et renversé en arrière avec un lascif abandon, semblait exprimer les plus vives sensations de l'amour et de la volupté.

Telle était cette danse d'origine espagnole, adoptée par les bohémiens; elle n'était point exécutée dans une salle étincelante de lumières, aux accords saisissants d'un puissant orchestre, par des danseuses couvertes de basquines tissues d'or et d'argent, et pourtant elle avait là un charme pittoresque et sauvage, sur cette montagne isolée, au sein des ombres de la nuit, sous la voûte céleste parsemée d'étoiles. Le repos qui lui succéda ne fut pas de longue durée : les musiciens se mirent à jouer une ronde vive et entraînante. Aussitôt, hommes, femmes, enfants, se prenant par la main, suivant l'impulsion de la mesure, s'enlacent dans une ronde vraiment infernale et diabolique.

Au centre de ce vaste cercle humain qui tournoie et tourbillonne, excité par les sons saccadés que les musiciens tirent de leurs instruments, ainsi que les feuilles sèches soulevées et dansantes au gré de la brise qui les chasse devant elle, flamboie clair et pétillant, un grand feu d'herbes, déroulant dans l'air ses langues ardentes et enflammées. Ce brasier colore d'un rouge sanguinolent les figures brunes des bohémiens, qui passent et repassent sans cesse et leur prête un aspect fantastique. Plus la musique accélère le mouvement déjà rapide, plus la bande enivrée de bruit augmente sa rapidité de rotation, plus les chants, les cris, les intonations bizarres, aiguës, glapissantes, gagnent en intensité, se mêlent, se confondent, jusqu'à ce qu'après un suprême effort, lassés, haletants, anéantis, hors d'eux-mêmes, relâchant les liens vivants de leurs bras, de leurs mains qui les attachaient l'un à l'autre, les bohémiens épuisés de fatigue, tombent sans mouvement sur la terre comme des corps privés de vie, et qu'un silence de mort, à peine interrompu par quelques soupirs convulsifs, succède à tant d'exaltation passionnée et furieuse.

Au milieu de cette confusion, de ce pêle-mêle, de ce tohu-bohu général, qui avait régné sans partage parmi les gitanos, une seule personne ne s'était point mêlée à leurs joies turbulentes, emportées, une seule se tenait à l'écart, pensive, réfléchie, assise au bord incliné du plateau, le dos tourné à ces danses frénétiques qui semblaient l'importuner, à ce brasier aux flammes vacillantes dont on eût dit qu'elle évitait le fatiguant éclat.

C'était une jeune fille de seize ans environ, gitana comme ses compagnes, elle portait dans ses traits, dans l'ensemble de sa physionomie, dans son attitude fière et voluptueuse à la fois, l'empreinte indélébile de ce type particulier dont les premiers modèles sont nés sur les bords lointains du Gange, au fond des forêts primitives des Indes: son front était pur et poli comme une lame d'acier; ses yeux frangés de longs cils noirs brillaient sur un fond nacré et lançaient des éclairs; tour-à-tour ils exprimaient avec un charme indéfinissable les sentiments, les passions qui traversaient son âme; haine ou amour, colère ou tendresse; le nez, finement modelé, un peu arqué, donnait à l'ensemble de sa figure un caractère bien visible d'énergie et de fierté; la bouche un peu grande, mais garnie de dents d'un ivoire magnifique, ne déparait point ce bel ensemble; de taille moyenne, bien proportionnée, large d'épaules, elle présentait tous les signes de la force unie à la grace; tout révélait en elle une nature riche, vivace, ardente; on voyait par-dessus tout que ce n'était pas là une beauté habituée à vivre à l'ombre des toits des villes, pâle, souffrante ou fatiguée, mais une gitana idéalisée et poétique, au teint basané, aux bras merveilleusement sculptés, à la démarche noble et fière, véritable reine au milieu de ces femmes, marquées comme elle, du cachet oriental, mais la plupart aux traits durs, sauvages, à la voix gutturale et inharmonieuse, aux gestes saccadés et sans grâce, aux yeux hagards et privés de cette vive intelligence qui les anime et les fait resplendir.

Rien pourtant n'indiquait qu'elle jouissait dans la compagnie dont elle faisait partie, d'une considération plus grande que toute autre de ses compagnes; les vêtements dont elle était couverte n'offraient rien de plus élégant ni de plus riche; seulement, elle portait sur ses cheveux noirs et pendant par-derrière en grosses tresses sur les épaules, une bande d'étoffe roulée en turban; une tunique à longs plis, serrée à la taille par une écharpe bariolée; d'épais brodequins lacés complétaient son costume; mais ce costume, si simple qu'il fût, acquérait une valeur inestimable par la beauté de celle qui le portait, par l'aisance et la grâce de ses mouvements, par la noblesse naturelle de son port, par cette séduction inexplicable que répand autour d'elle toute créature privilégiée.

Se trouvait-elle malheureuse d'être avec la société de ces mendiants grossiers, fourbes et voleurs; pensait-elle qu'il pouvait exister pour elle, jeune, belle comme elle l'était, une position meilleure que celle d'entretenir avec des contrebandiers de dangereuses relations, de parcourir les hameaux, les villages en dansant, en jouant du tambour de basque, en prédisant l'avenir aux crédules et aux ignorants, en menant enfin une vie de misère, de dégradation qui n'a souvent pour avenir certain que la perspective d'une potence; ou bien quelque chagrin secret, intime, personnel l'absorbait-il au point de la rendre insensible aux danses, aux jeux des Bohémiens insouciants, toujours est-il qu'elle n'y prenait part en aucune façon, la tête appuyée sur une main, le regard fixe, arrêté devant elle comme s'il eût voulu percer l'immensité des ténèbres qui l'enveloppaient, elle se tenait assise, immobile, pareille à une froide statue du silence ou du recueillement.

Une main posée sur son épaule la fit tressaillir et se retourner vivement:

— Que voulez-vous, dit-elle à Taddeo, car c'était lui qui essayait par ce geste d'attirer son attention.

— Je voudrais savoir, Zita, dit celui-ci avec un air d'intérêt, pourquoi tu te tiens ainsi à l'écart de nos jeux et de nos danses; la guitare est là qui t'appelle, ton tambourin frémit tout bas en t'attendant, et tu ne viens pas; sais-tu que sans toi il n'y a pas de vrai plaisir parmi nous; nos femmes et nos garçons qui s'agitaient si fort tout-à-l'heure autour des flammes dansantes du foyer, feignaient de ne pas s'apercevoir de ton éloignement; mais au fond chacun regrette de te voir si sombre et si soucieuse; tu n'étais pas autrefois comme cela; il y a eu un temps, et ce temps-là n'est pas bien éloigné, où tu étais la plus rieuse, la plus gaie de notre compagnie; pour un rien tu aurais recommencé trois fois les danses les plus animées; dans tes mains le tambour de basque, les castagnettes avaient des sons vifs, des vibrations saccadées qui faisaient bondir en cadence autour de toi les assistants charmés; quand tu chantais, ta voix avait des accents entraînants, passionnés; son timbre résonnait comme une clochette d'argent fin; tu n'avais qu'à te montrer pour faire pleuvoir les reaux, les maravedis et même les pièces blanches dans le plateau que nous faisions circuler; maintenant ce n'est plus cela, on dirait que tu dédaignes le premier rôle que nous t'abandonnions si volontiers; lorsqu'on te prie de danser ou de chanter, il semble qu'on te fait offense ou que ce métier te devient insupportable: je ne te vois jamais à présent un sourire sur les lèvres, tu ne desserres plus les dents; tu n'aimes qu'à rêver, à penser à je ne sais quoi qui te préoccupe: il faut pourtant que cela finisse, Zita: quand ta mère mourante t'a recommandée à moi, quand je me suis chargé de toi toute petite enfant, et que j'ai appliqué tous mes soins à te donner les talents qu'il faut avoir pour plaire dans notre état, je comptais bien en lui promettant de veiller sur toi, en remplissant exactement ma promesse, je comptais bien qu'un jour tu me dédommagerais par ton zèle des peines que je me suis données. Tu nous a été utile, c'est vrai; jusqu'alors tu étais pour nous tous ce que tu devais être, une sœur dévouée, pleine d'ardeur au travail, partageant nos peines et nos joies, nos tourments et nos dangers; mais ce temps-là est passé, je ne te reconnais plus, tu n'es plus la Zita d'autrefois.

— Il est vrai, Taddeo, répondit Zita en soupirant; ce que vous dites-là, je me le suis dit bien des fois: Je ne suis plus la même, je le sens, je le comprends, et je ne puis me l'expliquer moi-même; dans ce temps dont vous me parlez, j'étais joyeuse, insouciante, un rien me rendait heureuse; la vue d'une belle campagne, les chants des oiseaux, le bruit de l'eau des torrents, tou^t me charmait, tout m'enivrait; j'étais contente quand mes doigts faisaient retentir le tambour de basque, quand j'agitais en cadence mes pieds ornés d'anneaux, quand je faisais vibrer les castagnettes; tous ces regards des assistants fixés sur moi qui semblaient m'admirer et m'applaudir, doublaient la puissance de mes facultés; ma voix avait plus de force et d'étendue lorsque j'entonnais les joyeux boléros ou les séguidellas que j'avais apprises dans nos courses lointaines; il y avait en moi une surabondance de vie et de force; la nature toute entière semblait refléchie et concentrée en moi; j'étais identifiée avec elle; tout ce que je voyais, tout ce que je touchais était comme mon bien, ma propriété: je régnais enfin sur le désert sauvage comme une reine véritable sur un empire florissant. Maintenant rien ne me plait, rien ne me séduit, rien ne me tente; la conversation de mes compagnes me pèse et me fatigue; le langage de ces hommes qui sont avec vous, dont autrefois je ne remarquais point la grossièreté, me choque et m'importune; je me trouve malheureuse comme je suis, et ne sais pourtant ce que je pourrais imaginer pour être mieux; je creuse en vain dans mon âme, sans pouvoir y trouver une réflexion qui me réveille ou me console. D'où vient cela? je l'ignore comme toi; pourrais-tu me l'apprendre?

— Je crois pouvoir trouver un remède à cela, dit Taddeo, après avoir réfléchi quelque temps. Je crois qu'il est un moyen de te rendre la tranquillité que tu as perdue.

— Oh! parlez, parlez vite, Taddeo, et si vous réussissez, vous serez véritablement mon ami.

— Tu es venue à l'âge, Zita, où la coquetterie parle plus vivement à l'oreille des jeunes filles; jusqu'ici nous n'avions guère fait de différence entre toi et les autres gitana; tour-à-tour, lorsque vous paraissez dans les villages et les bourgades, où vous chantez et dansez devant les paysans, vous échangez et vous vous prêtez mutuellement vos écharpes, vos tuniques pailletées, vos boucles d'oreilles et vos colliers de corail; je conçois que ta vanité se refuse à partager ces ornements avec d'autres qui ne te valent pas; il est juste que toi, qui as la voix mélodieuse, qui danses à ravir, qui réunis à toi seule plus de talent que toutes tes compagnes ensemble, tu sois la mieux partagée en robes, en bijoux; écoute, notre caisse n'est pas très-fournie en ce moment, les bonnes recettes sont rares, surtout depuis que tu te fais tant prier pour faire entendre tes jolies chansonnettes et danser le fandango; n'importe, je veux te montrer quelle est mon amitié pour toi; je veux que tu saches bien que nous savons t'apprécier selon tes mérites; à la première affaire que nous ferons avec Rodrigo le contrebandier, et ce ne sera pas long, car je l'attends cette nuit même, cette nuit, entends-tu bien, je veux qu'il me donne pour toi en dehors de notre commission d'habitude, une paire de boucles d'oreilles en or digne d'une dame de Madrid ou de Barcelonne; une belle écharpe de soie aux vives couleurs et une robe pailletée qui remplacera fort bien celle que tu as portée jusqu'ici.

— Ce n'est pas cela, dit tristement Zita, en secouant la tête, ce n'est pas cela qui pourrait me rendre ma gaîté perdue; d'ailleurs, je ne veux rien de Rodrigo, ajouta-t-elle d'un ton sec et dédaigneux.

— Tu dis cela parce que tu gardes rancune à ce garçon, n'est-il pas vrai?

— N'ai-je pas raison?

— Il est vrai: un certain soir qu'il était un peu échauffé par le vin à la suite d'un festin sous les ar-

bres que nous avions fait ensemble, il a prétendu user envers toi de privautés que je ne pouvais tolérer; mais il n'a pas eu lieu de se féliciter de sa hardiesse; je me rappelle que Fernando, qui se trouvait tout à côté de moi, s'est levé comme un furieux, il lui a sauté à la gorge et même il lui a asséné sur la tête un coup de poing à assommer un bœuf; le mouvement de Fernando était bon, j'en conviens; il te croyait insultée, tandis que, vrai, Rodrigo ne voulait que plaisanter, d'une manière un peu inconvenante, je l'avone; cependant tu aurais tort, Zita, de conserver un mauvais souvenir de cette soirée. Rodrigo a du bon au fond. C'est une tête chaude, un homme emporté, d'accord; mais son métier de contrebandier lui vaut de bonnes journées; je ne saurais dire combien de piastres fortes il tombe à chaque affaire dans son escarcelle; dans ton intérêt je t'engage à le ménager, et si plus tard...

— Pas un mot de plus là-dessus, interrompit Zita; si c'est là tout ce que vous avez à me dire...

— Comme te voilà fière et dédaigneuse aujourd'hui! parce que je te parle de l'effet que tu produis sur tes admirateurs... cela devrait te flatter au contraire...

— Assez, vous dis-je.

— Je me tais... avec toi l'on ne peut pas dire ce que l'on pense clairement et à cœur ouvert, dit Taddeo en faisant un mouvement pour s'éloigner. Cependant, ajouta-t-il en revenant sur ses pas, je ne veux pas te quitter avant que tu ne m'aies fait confidence de tes chagrins.... car tu en as.... Voyons, la vie de Bohême t'ennuie-t-elle? aurais-tu envie de nous quitter?

— Je ne dis pas cela.

— A quoi rêves-tu cependant chaque jour; cela n'est pas naturel.

— Que vous importe.

— Je veux le savoir!

— Ah! vous voulez...

— Je le désire vivement, au moins... Tu es ma fille d'adoption, Zita; tu ne dois point avoir de secret pour moi, dis-moi ce qui occupe ta pensée, ce que tu veux, ce que tu as dessein de faire; quoi que ce soit, je jure que je t'y aiderai de tout mon pouvoir.

— Merci de vos bonnes intentions, Taddeo; je vous sais bon et plein d'amitié pour moi; mais ce que j'éprouve, voyez-vous, vous ne sauriez l'imaginer ni le comprendre, puisque je ne le comprends pas moi-même; je vous le disais tout-à-l'heure, je vous le répète encore: il y a dans mon âme un vide indéfinissable, une tristesse profonde que je ne puis surmonter; ces exercices qui me plaisaient tant, ce chant que j'étais heureuse de faire entendre, il me serait impossible de m'y remettre maintenant; il y a en moi comme une nuit sans étoiles, comme un abîme que rien ne pourrait combler; c'est une maladie pour laquelle je ne connais pas de remède: qui sait! elle s'en ira peut-être comme elle est venue; attendez, sans me presser d'inutiles questions; elles n'avanceraient à rien, elles ne feraient qu'aggraver le mal qui me dévore.

Le ton pénétré avec lequel la jeune Bohémienne prononça ces dernières paroles, les larmes qu'il ne voyait pas, mais qu'il devinait pour ainsi dire couler de ses yeux, ôtèrent à Taddeo l'envie qu'il ressentit d'abord de tourner en plaisanterie ces plaintes parties du fond du cœur. Un éclair parut soudain l'illuminer, car il se frappa le front et s'écria:

— Je l'ai deviné, Zita, la cause du mal secret qui t'agite... je la connais maintenant...

— Que voulez-vous dire, s'écrie Zita troublée,

et se levant droite comme mue par une impulsion irrésistible.

— Je veux dire qu'une jeune fille ne déteste guère un amoureux que quand elle en préfère un autre. Voilà la cause de ta préoccupation, Zita ; quelqu'un que tu ne veux pas nommer a touché ton cœur ?

— Jamais, jamais ! que pensez-vous, d'où viennent ces suppositions ? Qui croyez-vous ?...

— C'est à toi que je le demanderai, parle, explique-toi, que je sache à quoi m'en tenir : Est-ce quelqu'un de nos jeunes gens, est-ce un parent, un ami de Rodrigo ?

— Ce n'est personne, entendez-vous bien, dit impétueusement Zita ; vous êtes fou, Taddeo, avec vos imaginations et vos rêveries ; vous qui prétendez tout savoir, vous ne comprenez rien au cœur des jeunes filles ; allez, laissez-moi en repos, occupez-vous de votre conférence avec les contrebandiers, veillez à ce que le camp soit bien gardé ; ces soins vous conviennent beaucoup mieux que de passer votre temps comme vous le faites ici.

— Fille incompréhensible, murmura Taddeo en s'éloignant, impossible d'obtenir d'elle une marque de confiance ; n'importe, qu'elle le veuille ou non, tôt ou tard elle se trahira ; j'épierai, j'observerai sa physionomie ; on dit les femmes et les jeunes filles bien fines, bien rusées en fait d'amour ; malgré cela, je jure que je connaîtrai celui qu'elle aime, si toutefois elle aime quelqu'un, ajouta-t-il prudemment, pour mettre son amour-propre à l'abri, en cas de non réussite dans ses investigations.

III.

Pendant cette conversation, la nuit avait fait du chemin : les astres avaient changé de position au ciel, et une fraîcheur plus grande, amenée par les bouffées d'un vent capricieux, venait attiédir l'air lourd et chaud qui pesait sur cette partie des montagnes ; des Bohémiens qui occupaient la surface du plateau, une partie s'était couchée sous d'informes tentes, formées de deux bâtons croisés, sur lesquels pendait un lambeau d'étoffe déchirée ; d'autres étaient étendus sur l'herbe jaunie, sans autre abri que la voûte azurée ; quelques-uns veillaient silencieusement près du brasier presqu'éteint, et fumaient tranquillement leurs cigarettes à côté des cendres fumantes. Taddeo allait et venait comme un homme impatient et agité : tantôt il cherchait à percer les ténèbres qui régnaient autour de lui et à découvrir quelque lumière ou quelque signe qui l'avertit de l'approche de ceux qu'il attendait : tantôt il se couchait à plat ventre sur la terre et appuyait son oreille contre le sol, s'efforçant de reconnaître l'écho lointain de pas retentissant dans la forêt.

Le vent commençait à prendre de la force ; il faisait frissonner les cimes des arbres qui couvraient l'entrée de la caverne, et montaient d'étage en étage jusqu'au sommet de la montagne ; par moment une branche sèche se détachait et tombait avec un bruit rendu plus saisissable par le silence de la nuit. Cependant au milieu de ce bruissement des feuilles et de ces craquements de rameaux desséchés et vermoulus, Taddeo écoutait toujours ; tout-à-coup un coup de sifflet aigu, vibrant, prolongé, fit retentir les airs ; au même instant, comme la traînée de poudre qui s'enflamme au contact d'une seule étincelle, toute la troupe des Bohémiens fut sur pied, en entendant ce signal indicateur de l'arrivée des contrebandiers ; les broussailles entrelacées à droite de la caverne s'ouvrirent, on vit paraître dans l'ombre la tête d'une mule lourdement chargée, conduite par deux hommes qui l'escortaient, l'espingole sur l'épaule, puis une autre, puis une autre encore, jusqu'à ce que toute la troupe, composée de six mules et de quinze hommes y compris le chef, eut débouché sur le plateau.

Le chef, Rodrigo, était un grand gaillard d'environ quarante-cinq ans, aux favoris noirs et touffus, au regard dur et oblique ; il portait le costume ordinaire des contrebandiers : une veste bleue de velours, une large ceinture rouge d'où pendait un long coutelas, des guêtres énormes de cuir jaune montant jusqu'au mollet.

— Nous voici enfin, Caballero, dit-il d'un ton à la fois emphatique et jovial, en serrant rudement la main de Taddeo : ce n'est pas sans peine.

— Comment, Rodrigo, auriez-vous eu quelque désagrément avec les douaniers ?

— Non pas précisément, mais les drôles avaient flairé mon convoi ; il a fallu prendre des détours, marcher avec la plus grande circonspection ; voilà ce qui nous a retardé.

— Que tout soit oublié, puisque vous voici arrivé à bon port. Voulez-vous décharger les marchandises ?

— Oui, sans doute, débarrassons-nous de suite de cette corvée. Holà ! José, fit-il en s'adressant à l'un des contrebandiers ; mettez un peu de côté ces ballots par terre.

— Le caveau dont je vous ai parlé est là, dit Taddeo en écartant les broussailles. Voyez comme il est spacieux ; ils seront bien cachés ; les marchandises seront là aussi à l'abri des mauvaises chances que dans le plus sûr magasin de Barcelone.

— Admirable ! Taddeo ; comment diable avez-vous découvert cette cachette-là ? savez-vous que c'est un trésor, dit Rodrigo en s'aidant de la lueur d'une torche pour y pénétrer : Pas d'humidité, pas d'infiltration d'eau, un sable fin et sec pour plancher : ma foi, je ne veux plus désormais d'autre entrepôt général.

— Dépêchons, dépêchons, mes amis, criait pendant ce temps Taddeo aux contrebandiers et aux Bohémiens chargés de lourdes malles et de ballots ventrus ; il se fait tard, demain nous ferons l'inventaire de tout cela.

Tous s'empressèrent d'obéir et d'accélérer l'emmagasinage des marchandises. Lorsqu'ils eurent fini :

— Je compte sur vous, Taddeo, pour tirer bon parti de ces ballots ; il y en a là pour de l'argent ; et les expéditeurs tiennent à réaliser promptement.

— Soyez tranquille, ce n'est pas la première fois que je m'occupe de ce genre d'affaire, vous le savez. Demain nous diviserons le tout par gros paquets ; j'en dirigerai une partie sur Barcelone, où le riche marchand que vous savez attend la livraison, et le reste sera bientôt absorbé par les bourgs et les villages que nous allons parcourir.

— Je sais que vous êtes actif, exact ; continuez comme vous avez fait jusqu'à présent, dit Rodrigo, en s'établissant commodément près du foyer presque éteint qu'il essaya de ranimer ; par Saint-Jacques de Compostelle, je rumine en ce moment une affaire dont vous me direz des nouvelles.

— Qu'est-ce donc ?

— Nous en parlerons demain ; pour le moment, il se fait tard ; au diable les soucis ; parlons de choses plus gaies : où est Zita, la jolie gitana ? me garde-t-elle toujours rancune ? il faut absolument que je fasse ma paix avec elle.

— Je ne le crois pas. Je lui parlais encore ce soir de vous ; à la manière dont elle m'a répondu, je crois que vous ferez bien de ne plus lui adresser la parole ; vous avez été trop loin aussi, Rodrigo : Zita a une certaine fierté dans l'âme ; son caractère est raide et dur comme une barre d'acier ; parce qu'elle est Bohémienne, ne croyez-vous pas qu'on puisse impunément jouer ou plaisanter avec elle comme avec la première fille venue ? Retenez cela : une fois qu'elle a dit non à vos agaceries, c'est non qu'il faut inscrire sur vos tablettes.

— Pauvre Taddeo, vous croyez donc que je ne connais pas les femmes ; Zita est une sournoise qui cache son jeu : Je parierai qu'elle est folle de moi... Demain nous déballerons nos marchandises, je lui destine une croix d'or et des pendeloques d'oreilles qui adouciront sa cruauté, j'en suis certain : ce serait la première à ma connaissance qui aurait résisté à un cadeau.

— Surtout quand ce cadeau est offert par un caballero, beau garçon et distingué comme le capitaine Rodrigo, n'est-ce pas ?

— Je ne dirai pas non, dit Rodrigo en se retroussant la moustache ; je n'ai pas l'habitude de contredire la vérité, je prends ce qui m'est dû, et voilà. A propos, que faites-vous de Fernando, il me semble que je ne le vois plus avec vous depuis longtemps.

— Fernando m'inquiète, dit Taddeo, en tirant un profond soupir du fond de sa vieille poitrine ; ce jeune homme était le soutien de notre troupe, admirable pour un coup de main, du sang froid, de la résolution, une prudence au-dessus de son âge, capable de nous tirer, nous et lui, des gueules de l'enfer ; et tout cela perdu, compromis, je ne sais comment.

— Expliquez-moi cette énigme.

— Cela vous déplaît peut-être. Rodrigo, que je fasse ainsi son éloge ; vous avez toujours manifesté de l'éloignement pour lui, depuis cette soirée où vous en vouliez à Zita.

— Et où il m'a si rudement fait rouler sous la table d'un coup de poing, voulez-vous dire ?

— Justement.

— Croyez-vous que je n'entende pas la plaisanterie ; moi, lui en vouloir, pardieu, comme s'il ne m'était pas arrivé à moi aussi d'opérer de même à l'égard de plusieurs de mes amis ; Fernando est un jeune gars que j'estime fort ; je sais qu'il nous a rendu des services signalés, il peut nous en rendre encore, cela suffit pour qu'il soit de mes amis. Seulement, ajouta à part Rodrigo, si je puis un jour me venger de lui....

— Pour en revenir à ce que je vous disais de Fernando, je ne sais s'il est fatigué de notre société, s'il désire à l'avenir travailler pour son compte, toujours est-il que, depuis cinq ou six mois, il mène une vie étrange et inexplicable. Quelquefois il disparait pendant quinze jours ou trois semaines sans que nous entendions parler de lui ; puis, au moment où nous nous y attendons le moins, quel que soit le lieu où nous soyions campés, comme s'il y avait une divination ou un sortilège qui lui apprend l'endroit où il doit nous retrouver, il reparait subitement, et reprend sa place et ses habitudes comme si de rien n'était.

— Et vous ne l'avez pas questionné, vous n'avez pas cherché à connaître le motif et le but de ses excursions mystérieuses ?

— Oh ! vous ne connaissez pas encore Fernando, puisque vous me faites cette demande ; quand j'ai voulu l'interroger : — père Taddeo, m'a-t-il répondu en fronçant les sourcils et en me regardant avec ces yeux noirs et d'un éclat satanique que vous lui connaissez, je veux bien continuer à vous être utile à vous et à nos frères les Bohémiens, je veux, quand cela me conviendra, vous aider aussi dans vos rapports avec les contrebandiers, ou dans des entreprises plus délicates encore ; mais je veux en même temps, entendez-vous bien, et pardessus tout, disposer, comme je l'entends, de mon temps et de ma volonté ; malheur à celui qui, poussé par une curiosité insensée ou guidé par l'intention de me nuire, chercherait à pénétrer le motif de mes absences loin de vous. Quelqu'il soit, je le jure, il aurait bientôt fait connaissance avec la lame de ce poignard, et sa mort servirait d'exemple à ceux qui seraient tentés de l'imiter. Je prétends être aussi libre, voyez-vous, que l'aigle aux vastes ailes est libre de s'élever dans les espaces immenses des cieux, de s'égarer dans les airs à des distances infinies, et de revenir quand il lui plaît au nid paternel. Telles sont à l'avenir mes intentions... Il n'y avait rien à répondre à cela, Fernando n'est pas de ceux avec qui il serait bon d'entamer des discussions ; il est généreux et brave, je lui reconnais ces qualités ; mais la contradiction l'irrite, et quand il menace, il n'y a pas loin chez lui de la parole à l'exécution ; nous l'avons donc laissé libre comme il le voulait ; ainsi qu'il l'avait promis, il nous a encore rendu des services éminents ; mais plus le temps s'écoulait, plus ses absences devenaient fréquentes ; enfin voici deux mois passés que nous ne l'avons plus revu. Je crains que pour cette fois, le hardi gitano, qui se comparait si bien à l'aigle, n'ait pris sa volée pour ne plus revenir.

— J'en suis réellement fâché, dit Rodrigo en se grattant le front ; malgré mes griefs contre lui, je le sens comme vous, c'était un intrépide vaurien ; pour une entreprise difficile, pareille à celle que je médite, il n'y aurait pas son pareil... et il n'est pas là...

— Confiez-moi donc, sans attendre à demain, le projet qui vous occupe : la nuit porte conseil ; voyons avant qu'elle n'ait replié son manteau noir, si à nous deux nous ne trouverons pas une bonne solution.

— Il s'agit de débarquer à deux lieues de Saint-Sébastien toute la cargaison d'un navire anglais et de la conduire jusqu'ici à travers les montagnes ; l'entreprise n'est pas aisée à cause de l'importance du chargement ; j'avais conçu un plan assez réalisable ; c'était de diviser en deux la caravane, de me charger d'une partie, et de donner le commandement de l'autre à Fernando ; vous le disiez, il a de l'audace, de la résolution ; de plus, dans un moment dangereux, il peut trouver un expédient pour se tirer d'affaire, lui et son escorte ; il n'est pas homme à craindre de faire le coup de feu avec les douaniers ; ainsi organisés, nous aurions infailliblement réussi, et quel avantage pour nous ! Un bénéfice énorme, sans compter l'honneur et la réputation.

— Et dire qu'une si belle affaire manquerait par la faute d'un seul homme : Fernando ! Fernando ! tu trahis tes frères, tes amis ; et pourquoi ? Quelle chimère poursuis-tu, quelle plus belle vie que la nôtre pouvais-tu espérer ?

— Vous voyez, Taddeo, que mes mesures sont parfaitement prises : notre petit corps d'armée, divisé en deux, voyageant toujours de nuit, restant le jour caché dans les gorges que nous connaissons de longue main : succès assuré, fortune brillante ; allons, déterrez-moi Fernando, et tout ira pour le mieux...

— Comment le pourrais-je ? impossible... et manquer une si belle occasion ! une chance unique ! Oh ! qui me rendra donc Fernando ?

— Moi, dit une ombre qui se dressa soudainement entre les deux interlocuteurs.

Taddeo surpris se leva.

Le capitaine mit instinctivement la main sur le

chien de ses pistolets qui ne le quittaient pas et repo-
saient à côté de lui.

— C'est moi, Zita, ne me reconnaissez-vous pas ?
Auriez-vous peur, Rodrigo !

— Peur, moi, peur de la charmante Zita, dit le
capitaine en se remettant, bien au contraire ; mais
par quel hazard, à cette heure ?...

— Tu nous écoutais, Zita ?

— Assez pour savoir que vous ayez besoin de l'aide, des secours de Fernando.

— Et tu peux nous procurer cette aide et ces
secours ?

— Je l'espère.

— Tu connais donc l'endroit où il s'est retiré ?
Tu ne m'en avais rien dit.

— Je l'ignore...

— Alors, comment pourras-tu ?

— Ceci me regarde. Voulez-vous vous fier à moi ?

— Sans doute.... mais que peux-tu faire, toi,
jeune fille, sans guide, sans appui, sans conseil.

— Je puis l'aller trouver de votre part et lui dire
ce que vous attendez de lui.

— Ce serait bien de ta part, ma fille ; cependant
je ne veux pas que tu t'exposes ainsi à courir au
hazard, puisque tu avoues toi-même que tu ne sais
pas....

— Ecoutez, Taddeo, je ne sais pas positivement
où il est ; mais la dernière fois qu'il est venu ici,
certaines remarques que j'ai faites, et quelques mots
qui lui sont échappés, m'ont induit à supposer que
le lieu où il s'est retiré n'est pas fort éloigné d'ici.
Vous dire ce que je crois serait inutile ; vous con-
naîtrez par le résultat de mes démarches si je me suis
trompée ou non. Vous m'avez reproché ce soir de me
laisser aller à la tristesse, de me complaire dans mon
isolement, d'éviter la société de mes compagnons,
de refuser de prendre ma part de vos travaux et de
vos joies: vous ne comprenez pas, vous, qu'il y ait
des moments, où le cœur trop serré a besoin de s'épan-
cher dans des larmes solitaires, où l'on se repait de
sa mélancolie, où l'on voudrait se sentir seule, bien
seule, à mille lieues de tout ce qui vit et de tout ce
qui respire : vous voulez que je vous paie ma dette
de chaque jour, que je compense, par des chants
et des danses, le pain que je partage avec vous : vous
voulez que la Zita vous appartienne dans son âme
comme dans son corps, qu'elle ne puisse pas seulement avoir une heure chaque soir à son aise, pour
se réfugier en elle-même et s'entretenir avec ses
pensées : eh bien ! je veux vous prouver que vous
trouverez en elle plus de dévouement que vous
n'imaginez. Vous saurez qu'elle est encore assez cou-
rageuse, lorsqu'il s'agit de vous être utile, pour re-
fouler dans son sein les amertumes de son âme ; elle
ira, sans guide qui l'accompagne, sans escorte qui
la défende, à la recherche de celui dont vous avez
besoin ; elle trouvera dans ses propres inspirations,
dans un instinct sûr qui ne la trompera pas, les moyens
de mener à bonne fin ce qu'elle a résolu d'entre-
prendre ; elle cherchera, elle trouvera Fernando,
et je suis sûre qu'elle employera des paroles capables
de l'émouvoir et de le ramener ici, fût-il déterminé
à ne pas le faire. Voilà ce qu'accomplira Zita, Taddeo;
car elle ne veut pas être regardée parmi vous comme
une fille inutile, indifférente, tandis que ses frères
et ses sœurs ne s'épargnent pas et travaillent avec
ardeur pour le bien-être de tous.

— Admirablement parlé, belle Zita, s'écria le
capitaine, qui écoutait avec avidité la voix vibrante
et harmonieuse de la Bohémienne. Ces sentiments
vous font honneur ; je ne serais pas digne d'être ca-
valier espagnol, si je n'y applaudissais sincère-
ment ; mais en même temps je dois vous faire aper-

cevoir qu'il y aurait imprudence à vous aventurer
seule et sans escorte.

— Rodrigo a raison ; voyons, où comptes-tu aller ?

— Je ne puis vous le dire. Si j'ai des motifs de
croire ne pas me tromper sur le lieu de la résidence
de Fernando, au moins dois-je les conserver pour
moi : il est inutile que d'autres connaissent ce qu'il
veut taire et cacher.

— Faites attention que refuser de nous informer
de vos conjectures équivaut à refuser une escorte : et
pourtant, Zita, si vous aviez daigné m'accepter pour
chevalier...

— Vous, dit Zita, en jetant sur lui un regard
empreint d'un souverain mépris.

— Moi-même, répliqua Rodrigo, avec un ton
plein de fatuité.

— Je n'accepte d'autre garde que la mienne.

— Cela ne suffit pas, dit Taddeo ; je t'accompa-
gnerai plutôt moi-même.

— Non, Taddeo ; votre présence est nécessaire ici :
il en est de même de celle du digne capitaine : ne
faut-il pas que vous fassiez ensemble l'arrangement
et le compte des marchandises qu'il a déposées là,
dit-elle, en étendant la main vers la caverne.

— Ceci peut se remettre. Toute réflexion faite,
j'aimerais mieux que le capitaine t'accompagnât : on
peut compter sur sa parole ; et s'il promet de t'es-
corter en fidèle et loyal serviteur...

— Je le jure s'écria Rodrigo en levant la main
droite, et de l'autre mettant ses pistolets à sa
ceinture.

— Merci de votre empressement, Rodrigo. Mais
ce que j'ai dit une fois, je le maintiens. Je partirai
seule. Si quelqu'un m'attaquait, voici quelque chose
qui pourra me défendre.

En disant ces mots, elle éleva en l'air un poignard
dont la lame reluisit aux dernières clartés du foyer.

— Je n'ai plus rien à dire, dit le capitaine d'un
air de dépit, seulement je doute que vous retrouviez
Fernando. Autant chercher à retrouver un arbre
perdu dans la forêt de Ronda. Cependant les arbres
ne bougent pas de place, tandis qu'un gaillard
comme Fernando...

— Attendez au moins à l'aube, Zita, dit Taddeo
pour dernier argument, espérant d'ici là trouver
une bonne raison pour la retenir.

— Pourquoi attendrais-je ? le sommeil semble
avoir abandonné mes yeux : la nuit est calme ; par
cette fraîcheur qui est si bonne à respirer, je mar-
cherai plus vite. Demain le soleil ne sera pas au
quart de sa course que peut-être j'aurai atteint le
but de mon voyage.

— Est-ce à Barcelone que tu vas ?

Zita ne répondit pas.

Le capitaine parut prendre une résolution hé-
roïque.

— Zita, dit-il, de gré ou non, je vous suivrai,
entendez-vous.

— Je ne crois pas, dit Zita, et jetant sur ses épaules
un léger manteau qu'elle avait sous le bras, d'un bond
elle fut à vingt pas de lui.

— Zita, divine Zita, je vous jure que vous n'aurez
pas à vous repentir de m'avoir pour compagnon de
route.

— A demain, lui cria la Bohémienne.

Le capitaine s'élança pour courir après elle ; mais
il n'avait pas fait trois pas qu'il se trouva arrêté par
un pied et roula sur le gazon ; c'était le corps d'un
Bohémien endormi qui avait causé cet accident.
Rodrigo se releva en maugréant, et voulut se remettre en route, mais Zita avait disparu.

IV.

Barcelone est une des villes les plus riantes et les plus animées de l'Espagne : belle de son magnifique port qui s'ouvre comme une immense conque marine et donne accès dans son sein aux flots azurés de la Méditerranée, elle présente aux touristes un aspect plein de charme et de poésie. Une file de maisons splendides, comparables à des palais, aux blanches murailles, aux balcons élégants, dont les tentures de soie bigarrées de vives couleurs se gonflent et se courbent au gré d'un zéphir capricieux, comme les voiles d'un navire, se développent sur une longueur de plus d'un mille, forment un immense carré qui se prolonge jusqu'à l'extrémité du port. — En avant de ces habitations monumentales et princières, une merveilleuse terrasse appelée la *Muralla del mar* (la Muraille de la mer), s'étend, adossée au parapet, et soutient, dans toute sa longueur, une double rangée d'orangers et de grenadiers de la plus grande beauté. C'est la promenade la plus fréquentée de la ville : de cette terrasse on jouit d'un coup-d'œil au-delà de tout ce que peut enfanter l'imagination : Naples ou Constantinople seules peuvent lutter avec avantage contre un panorama aussi ravissant. Du côté de l'Ouest, c'est la ville toute entière qui se déploie avec une grandeur, une majesté infinies. élevant, d'étage en étage, comme des pyramides, ses nombreux quartiers ornés de belles maisons. de somptueux édifices, d'églises aux clochers. dentelés à jour, et ciselés comme des ouvrages d'art du métal le plus précieux ; au-dessus de cet ensemble pittoresque, pareille à un énorme éléphant accroupi, s'étend sur un rocher colossal, taillé de chemins serpentant en zig-zag, la redoutable forteresse de Mont-Juy, dont les blancs créneaux, surmontés, de distance en distance, de guérites et de tourelles d'observation, se découpent avec vigueur sur le bleu foncé du ciel. Au Nord et au Midi, la ville est enceinte de collines qui se perdent au loin dans un horizon vaporeux ; mais c'est à l'Est surtout, du côté du port et de la mer, que le tableau qui se déroule devant l'observateur est réellement d'un effet magique. Dans l'enceinte du port, des milliers de vaisseaux de toute forme, de toute grandeur, de toutes nations, évoluent continuellement, les uns avec une majestueuse lenteur, les autres avec une prestesse, une rapidité qui feraient honneur à un cheval de course. La position des navires variant à chaque instant donnait encore à ce spectacle plus de vie et d'animation. Ceux-ci franchissent l'étroit goulet et s'élancent toutes voiles dehors, pour des parages lointains : ceux-là, au contraire, aux voiles repliées, aux manœuvres serrées, reviennent de la pleine mer pour s'abriter dans la rade. Cette mer lumineuse, resplendissante comme un vaste lac d'émeraudes fondues aux feux ardents du soleil, étendant au loin son immense nappe d'eau, qui n'a d'autre borne qu'un limpide horizon, ces vaisseaux aux banderolles se déroulant avec grâce au souffle d'une molle brise, étalant avec orgueil leurs pavillons semés d'étoiles, ou brodés d'armoiries étincelantes, tout ce monde affairé, de matelots, de courtiers, de marchands, qui se précipitent et s'empressent à travers un dédale de tonneaux, de cordages, de marchandises entassées par monceaux, ces costumes si pittoresques d'étrangers arrivés de tous les coins du monde, Arabes, Persans, Turcs, Egyptiens. Marseillais. Suédois. Américains, Anglais, cette confusion, apparente plutôt que réelle ; ces cris, ces intonations bizarres, ce mélange de tant d'idiômes étrangers sonnant singulièrement à l'oreille, tout cela émeut, séduit, captive, étonne et

enchante à la fois. Il n'y a pas jusqu'à l'odeur âcre du goudron, jusqu'à cette senteur marine dont l'air est imprégné, qui n'ajoute encore à l'effet général, à l'impression vive que l'on ressent. On comprend que dans cette atmosphère vivifiante que l'on respire, dans ce vent chargé des émanations du large qui ondule autour de vous, réside le principe de la prospérité de cette florissante ville. C'est à l'aide de ces souffles invisibles, mais puissants, que tant de colosses de bois et de fer, dont les flancs regorgent des productions et des richesses des deux mondes, semblables à des êtres animés mus par une intelligence intérieure, sillonnent en tout sens les plaines étendues de la mer, surmontent, sans faiblir, les crêtes neigeuses des vagues, triomphent des tempêtes, et unissent les unes aux autres des contrées qui ne devaient jamais se connaître ni communiquer entre elles.

Le jour où nous reprenons le fil de notre histoire, le ciel n'était pas moins bleu. la mer moins chatoyante, le port moins animé ni moins encombré de vaisseaux qu'à l'ordinaire ; on entendait de tous côtés ce bruissement, ces éclats de voix, ces interpellations d'habitude entre les gens du port et les matelots qui déchargeaient des tonneaux sur les quais : mais quittons ce vivant panorama pour nous transporter au premier étage d'une belle maison située à l'entrée, à gauche de la superbe rue d'Alcala, du côté qui vient aboutir à la Marine.

Qu'on se représente un magnifique appartement, orné de tout ce que le luxe peut inventer de plus splendide ; riches tentures aux croisées, meubles merveilleusement sculptés, glaces de Venise encadrées d'or, plafonds à compartiments, sculptés et rehaussés de fines peintures.

A une table ronde, à dessus de marbre blanc, couverte d'un confortable déjeûner, se tenait un jeune homme en robe de chambre de velours noir, doublée de soie rouge, retenue par une ceinture ou cordelière à glands d'argent. Sa figure aurait pu passer pour belle, si les rides précoces qui sillonnaient déjà chaque côté des joues, et une expression de dureté inquiète, n'en eussent gâté le caractère ; une barbe et des moustaches épaisses, du noir le plus foncé, mais semées de fils argentés, se rejoignant sous le menton, achevaient de donner à l'ensemble de cette figure un cachet de sombre et bizarre fantaisie ; on lisait facilement comme dans un livre ouvert sur ce front plissé, dans ces yeux aux regards furtifs et mobiles : il était aisé d'y démêler les tumultueuses pensées d'une âme ardente et agitée, en proie à de terribles préoccupations.

Toutefois, pour un observateur vulgaire, pour les domestiques qui le servaient respectueusement, ces agitations secrètes n'étaient pas et ne pouvaient pas être sensibles ; un air de dignité hautaine, un vernis de froide et orgueilleuse supériorité recouvraient d'une couche impénétrable ce cratère intérieur où bouillonnaient tant de passions.

Après avoir humé lentement son chocolat, ce breuvage de rigueur pour un Espagnol, Estevan (c'était le nom du jeune homme), se leva de table, fit quelques pas dans la chambre, jeta par la fenêtre un regard indifférent sur le mouvant panorama qui se déroulait devant lui, puis s'assit dans une vaste bergère, et plongeant sa tête dans ses mains, il sembla pendant plusieurs minutes s'abandonner à de tristes réflexions. Enfin, sortant de cette rêverie :
— Je voudrais en vain me le dissimuler à moi-même, dit-il, l'instant approche où je me verrai forcé de rouler au fond de l'abîme, au bord duquel je suis suspendu depuis si longtemps : plus de ressources, plus d'espoir possibles ; plus d'expédients à

employer; après avoir anéanti en trois années la fortune immense que m'avait laissée mon père à sa mort, j'ai eu recours, pour conserver mon luxe et mon opulence à des moyens désespérés; j'ai risqué mon honneur, pour quelques heures de plus de joie troublées, de plaisirs énivrants qui n'empêchent pas le souvenir : maintenant plus rien, rien devant moi que le désespoir et la mort : ces fatales lettres de change que j'ai signées il y a un an, que j'ai remises au juif Levy, leur échéance approche; s'il ne les a plus entre les mains, je suis perdu, car je ne puis les payer, et alors... Je l'ai envoyé chercher pour connaître mon sort... il va venir... dans une heure je saurai le parti qui me reste à prendre.

En disant ces mots, Estevan s'était levé de nouveau, et marchait à grands pas; tout-à-coup une réflexion nouvelle semble lui traverser l'esprit, comme l'éclair qui sillonne au sein d'une nuit d'orage.

— Si je n'avais pas été aussi insensé, il me resterait encore une ressource précieuse, certaine... Il n'y a pas bien longtemps que le banquier Gomèz, ce financier si riche, avait fait pressentir mes intentions : qu'il ait eu des renseignements fidèles sur moi, ou qu'il ait été abusé par le luxe écrasant que j'étalais, toujours est-il qu'il recherchait ma société, et que si j'avais voulu... Oui, la richesse de ces parvenus ne suffit pas à les consoler de leur défaut de naissance; il y a au fond de leur cœur une irritation secrète d'être si peu de chose, lorsqu'ils regardent l'obscurité d'où ils sont sortis, et qu'ils entendent dans les salons retentir à leurs oreilles, annoncés avec éclat par des domestiques en livrée, de grands, de nobles noms; ils donneraient la moitié de ce qu'ils ont pour acheter, si cela se pouvait, les titres, les armoiries qu'un sort inexorable leur refuse; et j'ai répondu dédaigneusement à toutes ses avances, j'ai regardé en pitié ses prétentions vaniteuses. Fou que j'étais : je pensais que le temps ne marchait pas, quand il avait des ailes; je ne pouvais jamais croire qu'un jour viendrais où je me trouverais face à face avec ce spectre glacé qu'on appelle la mort, et ce jour est venu, il est venu !

Estevan passait ses mains crispées dans ses cheveux en parlant ainsi, et regardait d'un œil hagard l'aiguille qui marquait les minutes sur la pendule dont la cheminée était ornée, et dans sa fièvre d'inquiétude il se figurait que ses imperceptibles mouvements étaient devenus sensibles pour lui.

Tout-à-coup, un battement frappé à la porte de la rue vint retentir jusqu'à son cœur et couvrir son visage d'une pâleur livide; il ouvrit brusquement une des croisées, se pencha en avant pour voir qui avait frappé; il ne vit rien, la porte était déjà refermée et le visiteur introduit.

— C'est lui, murmura-t-il en entendant marcher dans l'escalier; mais non, il me semble que je n'entends le pas que d'une seule personne, et c'est la marche de Perez.

C'était en effet Perez, le vieux domestique d'Estevan, il avait à la main un plateau d'argent ciselé et armoirié : sur ce plateau était une lettre. Estevan la prit d'une main tremblante.

— De quelle part, dit-il?

— Je l'ignore : le laquais est resté en bas, il attend une réponse.

Estevan décacheta rapidement. Le parfum suave et distingué qui s'exhalait du billet, sa forme élégante, la marque du cachet, le pli du papier lui indiquaient assez l'origine de cette lettre, il l'ouvrit et lut :

« Cher vicomte, demain, après le ballet nouveau, » grand souper chez moi, où nous aurons l'élite de la danse et la fleur de nos jeunes nobles : je compte » sur vous; vous savez que l'exactitude est de rigueur.   FLORIDA. »

— Une invitation... une invitation d'elle... quand je suis au supplice, et qu'aujourd'hui même...

— Votre Seigneurie donne-t-elle une réponse, dit Perez.

— Une réponse, répéta machinalement Estevan, dites... que j'irai, que je me rendrai à l'invitation qui m'est adressée.

Perez sortit.

— Elle m'invite à un joyeux souper, s'écria Estevan, quand tout m'accable, quand je n'ai plus qu'à prendre conseil du désespoir : oui, je puis bien penser à des fêtes, à des plaisirs; maintenant, qu'importe. Jusqu'au bout je jouerai mon rôle; on a répondu que j'irais. Tant que demain soir ne sera pas venu, dans l'esprit de cette femme séduisante, je ne cesserai pas d'être l'amant généreux, magnifique, semant l'or à pleines mains, la couronnant de diamants, l'entourant des énivrements des plaisirs; et puis, qui sait, dans la vie il y a de si étonnants hasards; d'ici à demain soir, il y a bien du temps encore; ne peut-il pas arriver un évènement inattendu, une chance inopinée qui m'ouvrent de nouvelles perspectives, qui me ménagent des ressources imprévues; n'a-t-on pas vu des joueurs ruinés se relever et gagner des monceaux d'or avec quelques parcelles d'argent : en bien, comme en mal, qui peut répondre du lendemain? Personne. Allons, allons, il sera toujours temps de me désespérer.

En ce moment, la porte se rouvrit, c'était Perez qui parut de nouveau.

— Encore un billet! s'écria Estevan en prenant une lettre sur le plateau.

Perez s'inclina sans rien dire et sortit.

—Malheur! dit Estevan en frappant du pied après avoir lu.

Voici ce que contenait la lettre :

« Le marquis de Riaz rappelle à don Estevan les » 500 pistoles qu'il a perdues sur parole, il y a huit » jours, au cercle de la Bourse, et qu'il n'a pas en» core reçues. Il regrette d'être obligé de réveiller sa » mémoire à ce sujet. »

— Insolent ! employer de telles expressions ! Et c'est ma faute aussi, pourquoi ne pas songer à m'acquitter... Perdu de réputation; perdu !

Il courut au secrétaire placé dans un coin de la chambre, l'ouvrit avec une fureur concentrée, fouilla tous les tiroirs... Peine inutile, recherche vaine; deux pièces d'or oubliées dans un coin, voilà tout ce qu'il trouva.

— Rage et démon ! dit-il en grinçant des dents et se frappant le front, moi, Estevan, humilié par un rival que je méprise, que je déteste; c'en est trop, il ne sera pas dit qu'un fat comme lui viendra, devant Florida se glorifier de m'avoir insulté; non, il ne dira pas que j'ai tardé huit jours à payer une dette d'honneur. Il le faut, aujourd'hui-même, sa vie ou la mienne... Insensé ! qu'ai-je dit, ajouta-t-il en laissant tomber sur la table un pistolet qu'il venait de détacher d'une panoplie placée contre un des lambris de la chambre; il s'agit de payer et non de se battre. J'irais le provoquer qu'il refuserait... il m'écraserait sous le poids de ses sarcasmes, il irait publier partout qu'Estevan n'a pu s'acquitter envers lui... Idée affreuse... moi noble, moi d'une grande famille, moi dont l'orgueil se glorifiait d'une illustre naissance, avili à ce point... non, non, je n'ai plus qu'une ressource certaine... le suicide... celle-là ne me manquera pas... ce pistolet va m'ouvrir à peu de frais les portes de l'éternité... Pourquoi hésiterais-je? Qu'ai-je à regretter? Une maîtresse, infidèle peut-être, qui m'a aimé tant que ma main généreuse lui versait à flots, bijoux, diamants et parures, et qui rira demain du fou qui s'est ruiné pour elle... Des amis, en à-t-on sur cette terre... Rien, rien dans le passé qui vaille un soupir ou un regret... Adieu la vie : c'est un rêve brillant que j'ai fait : à deux pas de moi est la réalité, osons la saisir.

Le pistolet d'Estevan fut bientôt chargé, il s'assura que la détente jouait bien... versa de la poudre dans le bassinet. Quand tout fut prêt :

— Fermons la fenêtre, dit-il : de la rue, au milieu du tumulte de la journée, on n'entendra rien ; tant mieux : je préfère que mes domestiques soient les premiers à s'apercevoir de ma résolution dernière. Ah ! j'oubliais...

— Qu'on n'accuse personne de ma mort, écrivit-il sur un morceau de papier, je déclare ici que des chagrins de cœur m'ont décidé à me suicider.

— Maintenant, tout est en règle ; voyons, quelle position prendrai-je ? J'ai lu quelque part qu'un homme frappé d'une balle fait d'abord un mouvement comme s'il allait tomber en avant, puis retombe en arrière pour ne plus se relever. Je vais me tenir debout devant ce fauteuil, le dos tourné à la porte, et alors.,

Estevan se plaça ainsi qu'il venait de le dire ; il examina encore une fois la batterie du pistolet, afin d'être bien assuré de ne pas se manquer, posa l'anneau glacé du canon sur son front... il s'appuya de la main gauche à l'un des bras du fauteuil, et allait lâcher la détente, lorsqu'une main vigoureuse lui arrachant l'arme de la main, par un mouvement saccadé, la fit sauter à vingt pas au milieu de la chambre.

Estevan se retourna, étonné, furieux d'être ainsi interrompu... il vit devant lui le juif Levy, qui pendant ces préparatifs était entré dans sa chambre sans faire le moindre bruit.

V.

Eh quoi ! don Estevan, dit le juif d'un ton froid et sarcastique, qu'alliez-vous faire là ? Frustrer vos créanciers de leur gage le plus précieux, sortir de la vie sans dire garo ! Savez-vous que c'est mal. Béni soit le ciel qui m'a envoyé à propos pour vous empêcher d'accomplir un acte de folie.

— Dites un acte de raison, de raison froide et convaincue. Vous connaissez ma position, Levy, ou du moins, vous devez la connaître.

— Je sais tout, tout absolument, même, ajouta le juif en baissant la voix, la valeur des signatures qui étaient sur vos lettres de change.

— Grand Dieu ! vous les avez encore ?

— Je ne les ai plus.

— Vous ne les avez plus !

— Je connais la personne qui les détient.

— Si je me souviens bien, leur échéance a lieu aujourd'hui-même ?

— Aujourd'hui.

— Et vous voulez m'empêcher de mourir, dit impétueusement Estevan en s'élançant pour ramasser le pistolet gisant à terre.

— Je puis vous offrir un moyen de vous tirer d'affaire.

— Vous ! oh ! vous seriez mon protecteur, mon ange tutélaire, s'écria le jeune homme, en serrant les mains calleuses du juif dans les siennes.

Celui-ci se dégagea doucement et ajouta :

— Écoutez-moi de sang-froid, don Estevan de la Ribeïra, si vous le pouvez.

— Pourquoi me rappeler mes titres ? est-ce pour me faire sentir combien ils ont peu de valeur, lorsqu'ils ne sont pas appuyés sur des sacs d'or ou d'argent ?

— Non, mais parce que ces titres peuvent vous sauver. Ils n'ont pas la valeur des métaux précieux, mais par eux vous pouvez en obtenir.

— Expliquez-vous.

— Vous connaissez le banquier Gomèz.

— Je l'ai vu dans le monde quelquefois.

— Souvent... Je sais même qu'il vous a toujours témoigné de la considération.

— Après.

— Vos lettres de change sont entre ses mains.

— Entre ses mains !

— Il vaut mieux qu'elles y soient que dans celles de tout autre.

— Je ne comprends pas... Je ne puis y satisfaire...

— Je le puis, moi.

— Vous ?

— En sortant de chez vous, je puis aller lui en verser le montant.

— Vous feriez cela ! dit Estevan avec un sourire d'incrédulité.

— Je le ferai, à une condition,

— Je tiens à la connaître... elle doit être terrible...

— En aucune façon.

— Enfin.

— Le banquier est immensément riche ; de plus, il a une fille charmante... la senorita Juana... quinze ans à peine... une beauté céleste...

— Impossible, Levy... vous allez en juger... Au temps de ma prospérité, dans les salons que nous fréquentions, où sa richesse, à lui, mon nom, à moi, nous donnaient entrée, j'ai eu occasion de parler à Gomèz ; j'ai même remarqué de sa part, je puis le dire sans exagérer, et sans crainte de me tromper, un vif désir de se lier d'avantage avec moi, de m'inviter à ses soirées, peut-être même, oui, je le crois, avait-il des vues sur moi pour une alliance... que je repoussai alors. Plein d'orgueil et de hauteur, je pensai alors que cet homme était bien présomptueux de penser pour sa fille à un homme tel que moi, d'une famille noble dont l'origine se perd dans la nuit des siècles. Au lieu de le ménager, d'user envers lui d'égards et de diplomatie, je lui fis sentir avec fierté toute la distance qui sépare le noble gentilhomme du roturier parvenu, je l'humiliai inconsidérément ; je le vis s'éloigner de moi, la rage dans le cœur, la menace écrite dans les yeux. Le banquier Gomèz ne me pardonnera jamais l'insulte faite à sa vanité, et si vous n'avez pas d'autre moyen à m'offrir...

— Je n'en ai pas d'autre... mais quelle que soit la difficulté de réussir, je trouve qu'il vaut la peine d'être tenté.

— Comment puis-je faire ?

— Allez le trouver, soyez adroit, insinuant, déployez toutes les ressources de votre esprit, emparez-vous du sien... inventez un prétexte pour expliquer la promptitude de votre démarche ; demandez-lui sa fille.

— Impossible ! je serais repoussé.

— Essayez. Faites bien attention que je n'entrerai chez lui pour payer vos lettres de change qu'après vous en avoir vu sortir avec sa promesse positive de consentir à cette union.

— Moi, j'irais solliciter humblement celui que j'ai repoussé... J'irais demander la main de sa fille... et pour essuyer un refus outrageant ? Jamais.

— Vous n'êtes pas raisonnable. Cette ressource est la seule qui vous reste... Songez que je vous offre une chance de salut ; c'est une faveur immense que je vous fais , voyez-vous !

— En admettant même que Gomèz , flatté de ma démarche, consente à m'écouter, mes titres seuls ne suffiraient pas à l'éblouir ; il faut encore lui prouver que je possède...

— Tout ce que vous m'avez vendu? Je me charge au contrat de vous avantager d'une fortune convenable ; n'avons-nous pas des contre-lettres, des moyens faciles et connus de tous les hommes d'affaires ; nous arrangerons cela.

— Sont-ce là toutes vos conditions?

— Une seule encore.

— Et laquelle?

— Je vous rends un service dont la portée est inappréciable. Vous en demander le prix est chose juste , vous ne me payerez d'ailleurs qu'avec les fonds que je vous ferai obtenir. La dot de la jeune Juana, si mes renseignements sont exacts, doit s'élever à un demi million de piastres, nous partagerons. Qu'en dites-vous, ajouta le juif en attachant un regard scrutateur sur Estevan.

Celui-ci ne put retenir un mouvement d'indignation ; mais réfléchissant qu'il était entre les serres de cet oiseau de proie, et que ces serres pouvaient l'étreindre et le broyer sans merci , après un instant de silence , il dit d'un ton bref :

— J'accepte.

— A merveille, reprit le juif, voilà qui est bien ; à moins pourtant, ajouta-t-il en ramassant le pistolet et le lui présentant, que vous ne préfériez mettre votre première idée à exécution : vous en êtes encore le maître.

Mais la pensée du suicide qui avait germé si rapidement dans l'âme d'Estevan, s'y était éteinte de même ; on ne renonce pas facilement aux jouissances du luxe, aux charmes d'une vie entourée de distinctions et de plaisirs ; il trouvait en lui-même des excuses spécieuses pour se déguiser l'odieux du marché qu'il concluait avec le juif , pour expliquer d'une manière plausible la démarche qu'il allait faire près du banquier. Une seule chose l'effrayait, c'était la difficulté de réussir.

— Je connais à peine la senorita Juana, dit-il : donnez-moi du moins le temps de me faire présenter à elle , de chercher à captiver ses bonnes grâces ; une fois sûr de son assentiment, j'amènerai facilement le banquier à mes fins ; consentez seulement à me laisser un mois...

— Un mois! vous plaisantez : pas un mois , pas huit jours... qui peut me répondre que vos idées d'orgueil et d'ambition ne reprendraient pas le dessus; qu'une fois que j'aurais acquitté vos lettres de change, vous ne vous rirez pas de ma crédulité? Vous me prenez donc, seigneur Estevan, pour l'homme d'affaires le plus benin de la création ? Oui, je le suis véritablement, puisque j'ai la bonté de vous offrir de telles chances de salut; mais acceptez-les, acceptez-les vite; autrement, je ne répondrais plus de rien.

Estevan restait immobile sans répondre; l'idée de subir de Gomèz un refus humiliant le dominait toujours : il sentait qu'il allait jouer, en se rendant chez lui , un rôle difficile , disons mieux, presqu'impossible à soutenir : il est si doux, pour l'homme dont l'orgueil a été froissé, de se venger, surtout quand le coupable vient de lui-même se remettre entre ses mains , lui présente humblement le fouet dont il pourra le fustiger à loisir ! Est-il un esprit si noble, si généreux qui résiste à une telle tentation? à plus forte raison, lorsque le personnage blessé dans son amour propre, est un homme fier de ses richesses amoncelées, d'un esprit étroit, d'une âme accessible

seulement aux idées d'égoïsme et de cupidité; le juif n'exigeait-il pas de lui plus qu'il ne pouvait raisonnablement faire? n'était-ce pas une manœuvre odieuse de ce vampire sans entrailles, pour le torturer plus longtemps, pour combler par un dernier coup l'excès de son malheur?

Pendant qu'il était préoccupé de ces pensées, son regard tomba par hasard sur le pistolet, encore chargé, que le juif avait déposé sur la table. Une idée infernale lui traversa l'esprit; si Levy portait sur lui les valeurs nécessaires au paiement de ses billets, ne serait-il pas possible de les lui arracher. Ses domestiques étaient éloignés, les fenêtres de la chambre fermées; il ne s'agissait que de viser juste et promptement; un tapis roulé envelopperait la victime , de minutieuses précautions feraient bien vite disparaître les traces de ce qui se serait passé. Il résolut de tenter le coup.

— Qu'attendez-vous, lui dit le juif, voyant qu'il restait immobile sans lui répondre; croyez-vous, seigneur Estevan , que je puis passer la journée toute entière à attendre votre décision : midi vont sonner, n'avez-vous plus d'énergie lorsqu'il s'agit de vous sauver? En vérité, on dirait que j'attends de vous des choses extraordinaires ou extravagantes ; vous ne seriez pas plus récalcitrant si je vous proposais d'épouser quelqu'affreuse duègue, au visage parcheminé, aux yeux bordés de rouge, aux moustaches grisonnantes, au ventre balonné ; il faudra sans doute que j'aille prendre par la main celle que je vous destine, pour vous l'amener ici, confuse et rougissante, sans que vous ayez pris la moindre peine pour obtenir ce trésor de beauté. Soyez homme au moins une fois dans votre vie.

— Et qui m'assure, dit Estevan d'une voix troublée, que tout ce que vous me dites là n'est pas mensonge et fourberie ; qui me dit que si je réussissais par hasard dans la folle démarche que je vais tenter, vous n'inventeriez pas de nouvelles manœuvres pour me perdre? Qui me dit que vous aviez bien réellement, en entrant ici, l'intention de me libérer près du banquier Gomèz?

— Voilà des soupçons bien placés; l'inquiétude, le chagrin de votre position vous troublent-ils donc à ce point l'esprit que vous ne compreniez pas combien mon intérêt se trouve lié à votre mariage? n'est-ce pas lui seul qui peut me procurer cette portion de dot après laquelle j'attends? N'est-ce pas en vue de cette union, que je consens à vous faire paraître au contrat, possesseur figuratif de tout ce que vous possédiez réellement naguère? Oui, jeune homme, nous sommes deux associés dans cette affaire : rien de plus, mais aussi, rien de moins. Nos intérêts sont les mêmes, je vous soutiendrai jusqu'au bout, n'en doutez pas; et pour que vous soyez tout-à-fait convaincu, je vais vous faire voir dans ce portefeuille, en bons billets de banque, la somme de soixante mille piastres, avec lesquelles je paierai vos engagements.

En parlant ainsi, Levy s'approcha de la table, prit une chaise , et sortit le portefeuille de sa poche , puis le posa sur le marbre , afin d'en tirer et d'en visiter les billets.

Estevan le regardait faire , incertain, troublé; mille sentiments divers agitaient son âme; il sentait l'horreur de l'action qu'il avait décidé de commettre, et pourtant, en voyant là , devant lui, une somme si considérable , lui , dépouillé de tout, lui sans autre ressource que l'espoir précaire de réussir auprès du banquier ; la cupidité, le désir de reconquérir sa position perdue l'emportèrent sur toute autre considération. Il n'y avait pas un moment à perdre, l'instant était décisif , une seconde de retard tout était perdu.

Le juif avait la tête penchée sur la table, il comptait un à un les billets de banque ; pour s'assurer qu'il ne s'était pas trompé, et qu'il avait bien mis dans son portefeuille la somme nécessaire. Par un mouvement machinal, sans savoir, peut-être, exactement ce qu'il faisait, Estevan arma le pistolet sans que le plus léger bruit vînt le trahir ; il l'éleva droit à la hauteur de la tête de Levy, toujours occupé à compter les papiers, et dans un de ces moments, rapides comme la pensée, qui décident de la vie et de l'avenir des hommes, hors de lui, poussé comme par une puissance invisible, il lacha la détente.

Le coup ne partit pas.

Levy releva la tête : le bruit sec du chien tombant sur la platine avait éveillé son attention. Il regarda Estevan, vit la pâleur de son front, l'émotion peinte sur son visage : il se dressa de toute sa hauteur devant lui, se croisa les bras et l'écrasant de son regard glacé :

— Fort bien, dit-il, seigneur Estevan, vous êtes un joueur adroit : vous savez préparer les chances de manière à ce qu'elles ne puissent tournez contre vous. Si l'amorce de ce pistolet eut pris feu, vous étiez naturellement mon héritier ; cette somme considérable étendue là, devant vous, vous revenait de droit, et vos affaires, sans doute, ne s'en seraient pas mal trouvées ; seulement, vous avez oublié que vous aviez affaire à une forte partie : bénissez-en toutefois le ciel ; en faisant tomber de ce pistolet, lorsque je l'ai ramassé tout à l'heure, la poudre qui lui servait d'amorce, je ne me suis pas seulement sauvé moi-même, je vous ai épargné, voyez-vous, la honte et le châtiment dûs à un assassin. Qui vous dit que le bruit de l'explosion n'aurait pas été entendu? Qui vous assure que vous auriez pu cacher les traces du crime? qui pouvait vous faire croire que venant ici, chez vous, qui n'avez pas de motifs de m'aimer, et porteur de valeurs considérables, je n'avais pas averti à l'avance quelqu'un de mes amis ; que cet ami, ne me voyant pas reparaître, serait venu me réclamer à l'improviste, sans que vous ayez eu le temps de fuir ou de vous cacher. Allez, allez, seigneur Estevan, vous êtes un enfant, un enfant méchant et traître, mais qui ne m'inspire aucun effroi. Je suis assez fort pour vous dominer et ne pas vous craindre ; je le suis assez pour vous épargner encore ; mais je veux, entendez-vous, je veux que la démarche que je vous ai prescrite auprès du banquier soit faite à l'instant même, sinon malheur à vous!

Estevan ne répondait rien, écrasé qu'il était par le poids de la honte : enfin relevant la tête ;

— Vous l'avez dit : je suis un misérable qui ne sait ni se donner la mort à lui-même, ni montrer aucune énergie ; vos reproches, vos sarcasmes amers me rendent à moi-même ; oui, je veux effacer ma vie passée ; je vais chez Gomèz, je réussirai, ou bien s'il me refuse, je vous jure qu'en rentrant ici cette arme encore préparée ne me fera pas défaut.

— A la bonne heure : on a bien de la peine à vous faire entendre raison ; allez faire votre visite : je serai bien trompé, si le banquier, qui possède à un si haut degré l'amour des titres, des dignités, ne veut pas accepter l'offre de votre alliance. Allez, parlez hardiment ; jurez-lui que votre fortune est intacte, quoiqu'on ait pu dire de vos dépenses et de vos fêtes ; je serai derrière vous pour vous soutenir. Allez, mais songez bien que je veux une réussite prompte et complète.

Le juif sortit.

Estevan, après avoir pris un peu de temps pour se remettre de cette fâcheuse visite, fit une toilette convenable et s'achemina vers la maison du banquier.

VI.

La maison du banquier Gomèz était située à l'extrémité droite du port, en regard de la *Muralla del mar*, qui déroulait du côté opposé sa longue guirlande d'arbres odorants. Elle faisait le coin de la rue de Majorque, trait d'union entre le port et le faubourg de la marine ; en sorte qu'une de ses faces occupait l'entrée de cette rue, tandis que l'autre se développait sur le port même, dont elle dominait la vaste étendue.

Ce n'était pas une de ces habitations somptueuses et nouvellement bâties, aux proportions grandioses, comme la plupart de celles qui occupaient la même ligne de terrain ; à côté de ses orgueilleuses voisines, au triple rang d'étages, aux façades décorées de balcons dentelés, semés de rosaces à jour, elle semblait être restée là comme un échantillon d'un autre âge, comme une vieille à l'esprit sévère et renfrogné, à la mise antique et surannée, placée côte à côte avec de vives et grâcieuses beautés, fières du double éclat de leur jeunesse et de leurs parures. Non pas qu'elle n'eût en elle-même des qualités particulières : les larges pierres lozangées qui formaient ses assises lui donnaient un caractère remarquable de force et de solidité ; de nombreuses plaques de marbre sculptées, des ornements en relief, d'un style renaissance, chaudement exécutés, des figures de géants ou d'hommes sauvages, à la luxuriante chevelure, aux traits accusés, sortant à mi-corps d'un fouillis d'arabesques enroulées de fleurs fantastiques, encadrant chaque côté d'une vaste porte dont le sommet s'arrondissait en arceau, des fenêtres étroites, à petits carreaux, surmontées d'attiques, un toit pyramidal, écaillé d'ardoises dorées par le soleil, d'une pente excessivement raide, tout cela lui donnait un cachet d'originalité, une physionomie des vieux temps digne peut-être d'attirer l'attention du curieux et de l'archéologue : mais pour un observateur vulgaire, superficiel, cette maison, à l'aspect sombre, recouverte par le temps d'un enduit grisâtre et poussiéreux, rompait l'harmonie de la belle ligne formée par les autres maisons, presque toutes égales de taille, de forme et de grandeur, c'était comme une tache dans un beau tableau, comme une discordance surgissant au milieu d'une suave harmonie.

La partie qui regardait le port était, au rèz-de-chaussée, occupée par les bureaux du banquier : d'énormes grilles, épaisses de plus de trois pouces avec des pointes en fer de lances, défendaient l'approche des croisées, qui étaient encore tapissées au dedans de fortes jalousies à lames serrées, en sorte que ni les regards indiscrets, ni les rayons aigus du soleil ne pouvaient pénétrer à travers ces barrières infranchissables.

Après avoir pénétré sous la porte d'entrée, défendue elle-même par une grille en bois qu'on ne pouvait franchir sans faire aussitôt tinter une sonnette retentissante, il fallait encore passer devant un énorme chien, enchaîné il est vrai, mais dont la langue, toujours béante hors de la gueule, les dents grinçantes et les aboiements sauvages étaient faits pour imprimer une certaine crainte et un respect salutaire aux nombreux clients qui se rendaient chez le banquier.

Sous une voûte noire, arrondie, aux pierres bosselées et veuves de toute peinture, si jamais peintre avait fardé leur face terne et plombée, s'enfonçait un grand corridor, où les yeux, habitués à la grande clarté du jour, soudainement plongés dans une quasi complète obscurité avaient peine à se reconnaître. Presqu'à l'entrée de ce corridor, une porte cintrée et basse donnait accès dans les bureaux, où l'on entendait perpétuellement le son métallique des pièces d'or et d'argent, sans cesse comptées et recomptées, mêlé au froissement des effets de commerce et des billets de banque. Là s'agitait une armée d'employés : les uns comptant des piles amoncelées d'argent ; les autres étiquetant des bordereaux et dressant des comptes d'intérêt.

La porte du fond conduisait au cabinet de Gomez, au *sanctum sanctorum*, où l'on ne pénétrait pas facilement, et dont l'approche était interdite aux profanes.

C'est dans cette pièce privilégiée que nous introduirons le lecteur. Qu'il se représente un vaste cabinet, dont les deux fenêtres, donnant sur le port, hermétiquement fermées, ainsi que les autres et doublées en dedans d'épais rideaux d'étoffe verte ne laissaient percer à travers quelques fentes qu'une lumière douteuse et à peine suffisante. Près de l'une d'elle s'élevait un bureau antique, large, au-dessus duquel s'étageaient en pyramide des cartons amoncelés ; tout le pourtour du cabinet était également garni de planches superposées, chargées de liasses de papiers, de registres à dos cuirassés de bandes de cuivre ; de distance en distance, des inscriptions en grandes lettres rappelaient le nom des principales places de l'Europe et des autres parties du monde, célèbres par leur commerce et habituellement indiquées pour le cours du change et les grandes opérations de finances. D'immenses cartes géographiques tapissaient à elles seules tout un côté de lambris ; on respirait dans cette pièce une odeur de vétusté, un parfum commercial, une senteur de poussière et de vieux meubles qu'il serait plus facile d'imaginer que de décrire.

Le banquier Gomez n'était pas en désharmonie avec cet amas de choses usées, sales, décrépites, qui étaient entassées autour de lui dans un désordre et une confusion inexprimables ; c'était un homme de soixante ans environ, de taille moyenne, au visage parcheminé, sillonné de rides profondes, aux cheveux d'un gris blanchissant, rares sur le sommet de la tête, encore touffus aux tempes. Ses yeux petits, bruns, vifs et perçants indiquaient la ruse, l'adresse, la perspicacité ; le nez un peu recourbé, le menton anguleux, carré, proéminent, attestaient chez lui une volonté ferme, une obstination à toute épreuve, et aussi un penchant à l'avarice, à la rapacité.

Il était en ce moment assis à son bureau, un bras accoudé sur l'une des deux têtes de griffons de cuivre formant l'extrême saillie des deux branches du fauteuil qui l'enserrait, l'autre étendue en avant sur un papier écrit qu'il relisait avec attention.

Cet examen fini, il se releva, et, prenant une posture plus commode, relâchant la ceinture de sa robe de chambre qui semblait le serrer trop, il se mit à réfléchir profondément : puis sortant de sa rêverie et se parlant à lui-même, après avoir jeté un coup-d'œil sur le cadran de l'horloge gothique suspendue sur sa tête :

— J'ai assez travaillé ce matin, dit-il ; Gaspardo, mon premier commis finira aisément d'ici ce soir le compte dont je lui ai préparé les éléments : je ne vois là rien d'extrêmement pressé ; il faut que je me donne congé pour le reste de cette journée : une fois par hasard ce n'est pas trop ; et il y a si longtemps que je ne me suis occupé de Juana...

En prononçant ces mots, il secoua vivement le cordon d'une sonnette placée près de lui.

Un domestique en livrée parut presqu'aussitôt et demanda respectueusement au banquier ce qu'il désirait.

— Dites à dame Rodriga, dit Gomez après un moment d'hésitation, que je voudrais lui parler.

Le valet s'inclina et sortit.

Quelques minutes après, la porte du cabinet se rouvrit, et dame Rodriga parut.

C'était une duègne espagnole dans toute l'acception du mot.

Il eut été difficile d'en imaginer une plus rébarbative, d'un aspect plus glacial et plus pétrifiant.

Son visage n'était qu'un réseau continu de rides croisées ensemble, au milieu desquelles deux sillons profonds partant des ailes du nez ossifié, et se rejoignant presque sous le menton rugueux, auraient pu être comparés, par un poète doué du pouvoir d'imager ses comparaisons, à deux fossés découpant en parties égales la surface d'une terre nouvellement labourée. Les yeux de cette digne sénora, à peine couverts par des paupières rougeâtres et des cils de même teinte avaient une expression de méchanceté contenue qu'elle essayait de déguiser sous un sourire perpétuel et tout grimaçant sur une bouche parsemée de dents jaunâtres et pointues, figurant assez bien ces rochers anguleux coupés de noires ouvertures qu'on nous représente à l'entrée des enfers ; de rares mèches de cheveux d'un blanc sale s'échappaient avec raideur de sa coiffe de velours d'un violet passé ; le reste de son ajustement était en accord parfait avec ce physique peu avenant. Sa taille, raide comme le canon d'un mousquet, était comprimée par une robe ou plutôt un fourreau d'étamine noire, qui certes aurait pu se tenir debout sans aucun soutien, tant elle était gommée et empesée ; une fraise aux plis serrés, à la blancheur équivoque entourait son maigre cou, qu'on eût dit composé de cordes entrelacées, tant la peau sèche et flétrie laissait percer et saillir les nombreuses veines dont il était garni.

Sans doute habitué à cette figure disgrâcieuse, le banquier ne parut éprouver, en la voyant, aucune sensation désagréable ; au contraire, lui faisant de la main un salut affectueux, et l'invitant à prendre un tabouret placé en face de lui, et à s'y asseoir :

— J'ai désiré vous voir, dame Rodriga, lui dit-il, au sujet de Juana ; mes affaires multipliées prennent tellement tous mes instants, préoccupent d'une manière si impérative toutes les forces de mon esprit, que je ne puis m'occuper de cette chère enfant autant que je le désirerais. Je la vois à peine aux heures des repas ; et souvent même une visite imprévue, une affaire importante m'arrachent de la salle où nous nous réunissons, pour me ramener ici, avant que j'ai pu m'entretenir avec elle comme je l'aurais désiré. Depuis deux mois qu'elle a quitté sa tante dona Mencia, pour revenir à Barcelone, pour demeurer avec moi, elle n'a guère eu de distractions ni d'amusements. Que n'ai-je encore la sénora Gomèz, ma femme chérie ! C'aurait été pour elle un grand bonheur d'avoir sa fille, sa Juana, de voir grandir et se développer sous ses yeux cette jeune fleur qu'elle aimait tant... Enfin le sort ne l'a pas voulu ; elle est morte, il y a déjà dix ans de cela, laissant ma fille sans autre appui que moi, qui ne puis m'occuper d'elle comme je le voudrais ; cette situation est réellement affligeante.

Ici, Gomèz tira du fond de sa poitrine un soupir qu'il eut peine à en arracher, et porta la main à ses yeux pour y chercher une larme absente ; mais quelle que fût la sincérité de ses regrets, les préoccupations commerciales avaient tellement émoussé sa sensibilité, sa fibre était devenue si coriace et son cœur si peu accessible aux émotions tendres, qu'aucun signe extérieur autre que ce gémissement à peine articulé dont nous venons de parler ne trahit les regrets intérieurs qu'il donnait à sa défunte épouse.

Soit prudence. soit respect, dame Rodriga ne crut devoir ajouter aucune réflexion aux paroles prononcées par Gomèz ; elle se contenta d'incliner la tête en signe d'assentiment, levant les yeux au ciel quand il fit allusion au vide qu'avait laissé près de lui la sénora Gomèz, puis y porta sa main décharnée, comme pour imiter le geste de son maître et montrer sa sensibilité d'une manière non équivoque.

Après un moment de silence, Gomèz reprit.

— Je suis heureux toutefois, dame Rodriga, d'avoir pu placer près de Juana une femme aussi éminemment douée que vous l'êtes : expérience des choses passées, vue clairvoyante, attention, vigilance, sévérité tempérée par une rare douceur, indulgence mesurée pour l'innocente gaîté d'une jeune fille à peine sortie de l'enfance, vous réunissez tout ce qui peut captiver ma juste confiance ; vous la possédez aussi toute entière.

— Et je m'en crois digne, répondit dame Rodriga, en relevant fièrement la tête ; oui, seigneur Gomèz, loin de moi la prétention de me faire valoir plus que je ne dois, ou la vanité de me supposer des qualités exceptionnelles, car la modestie, la défiance de moi-même m'interdisent toute allusion même indirecte aux vertus que vous voulez bien reconnaître en moi. Je puis seulement vous attester qu'en abandonnant le couvent de Sainte-Ursule, où je suppléais ma sœur Séraphina dans l'exercice de ses importantes fonctions de tourière, toutes les fois que sa santé, ce qui arrivait souvent, exigeait une remplaçante, pour venir dans cette maison servir à vôtre jeune Juana de protectrice et de conseil ; je n'ai accepté cette charge délicate qu'avec la résolution la plus ferme. la mieux arrêtée de remplir avec conscience, énergie, sévérité, les devoirs minutieux et multipliés dont votre confiance venait de m'investir. Oui, je me suis dit que soit de jour, soit pendant la nuit, mon zèle, mon esprit d'observation, ma vigilance, seraient sans cesse en activité. Qui ne sait qu'une jeune fille, lorsqu'elle a, comme la vôtre, tout ce qui peut séduire, captiver, lorsqu'elle réunit beauté, grâce, fortune, famille distinguée, est en butte à mille piéges, à mille dangers ; qu'elle ne peut se montrer en aucun lieu, qu'aussitôt un essaim d'amoureux hardis et téméraires ne forment aussitôt les projets les plus insensés, les plus extravagants pour attirer son attention, pour essayer de s'en faire aimer ou du moins remarquer ; aussi, je me suis juré à moi-même qu'elle aurait en moi une gardienne inflexible de tous les jours, de toutes les heures, de toutes les minutes, de tous les instants. Ce serment-là, je le remplirai, dussé-je, pour tenir ma promesse, m'attirer même l'inimitié de votre fille ; dût-elle me regarder comme une surveillante ennuyeuse et fatigante ; qu'elle murmure contre moi, qu'elle se raille de mes recommandations, qu'elle maudisse mon obstination, que m'importe ; vous, déjà, seigneur Gomèz, vous m'appréciez, vous me récompensez par un mot flatteur, sorti de votre bouche, et cette récompense me suffira, car j'aurai fait mon devoir.

La duègne s'arrêta enfin pour reprendre haleine après une tirade aussi prolongée.

Gomèz en profita pour s'expliquer à son tour.

— Fort bien, dame Rodriga, ce que vous venez de dire fait honneur à vos sentiments, je n'en attendais pas moins de vos principes et de votre vertu sévère ; je ne puis que vous encourager à continuer ; cependant, je ne voudrais pas que ma fille conçût contre vous une inimitié que je déplorerais ; mais elle ne vous hait pas, j'en suis persuadé.

— Non, sans doute, répliqua la vieille, qui crut fort inutile de faire connaître les dispositions de la jeune fille à son égard, ceci n'est qu'une supposition qui ne se réalisera point, j'en suis persuadée.

« Et puis, se dit-elle à part, Juana, qui sait quelle confiance son père a en moi, n'oserait se plaindre à lui de ma surveillance inquiète et minutieuse. »

— Je vois si peu d'instants dans la journée Juana, dit Gomèz, que jamais je ne pense à ce qui pourrait la distraire et l'amuser ; ne s'ennuie-t-elle pas un peu d'être toujours seule et renfermée ; car elle n'a ici aucune amie ; miss Evinia, cette jeune anglaise qu'elle avait connue à sa pension, est retournée en Angleterre, et je crains que les journées ne lui semblent bien longues à rester ainsi sans sortir, comme un oiseau cloîtré dans sa cage.

— Bonté du Ciel ! pouvez-vous dire cela ? Fut-il jamais enfant plus heureuse, plus entourée de tout ce qui fait le charme de la vie : sans parler de vous, son père, qu'elle voit peu sans doute, mais dont la présence seule est un bonheur pour elle, sans parler de moi, qui suis près d'elle sans cesse, qui ne la quitte pas d'une minute, qui l'égaye par ma conversation, par les légendes, les histoires des temps passés que je lui raconte, n'a-t-elle pas sa harpe, son clavecin, ses oiseaux, ses fleurs, et surtout cette belle serre que vous avez fait construire pour elle dans le jardin, où pendant notre court hiver on conserve les plantes et les arbustes les plus rares des deux Amériques ? Et avec tout cela Juana ne serait pas contente et joyeuse à faire envie aux anges du ciel ? elle ne serait pas la plus heureuse fille de notre belle cité de Barcelonne ? En vérité, c'est qu'elle y mettrait bien de la mauvaise volonté.

— Quel plaisir vous me faites en me parlant ainsi, dame Rodriga ; eh bien, je veux que cette chère enfant soit encore heureuse d'une façon nouvelle aujourd'hui ; elle ne sort jamais, je veux la mener à la promenade cet après-midi : vous le savez, quoique je puisse à la rigueur me donner le luxe d'une voiture, je n'ai pas jusqu'ici, absorbé comme je le suis par mes affaires, pris de résolution à ce sujet ; j'ai laissé aux nobles vaniteux, aux jeunes dissipateurs, le plaisir de parcourir, dans leurs brillants équipages, les rues et les promenades ; la satisfaction orgueilleuse de jeter, du haut de leurs coussins rembourrés et couverts de soie, un regard dédaigneux sur un homme comme moi, modeste, économe, qui pourtant, n'aurait qu'un mot à dire pour jouir des mêmes avantages, pour les éclipser par un luxe auquel ils ne pourraient atteindre. Il n'en sera pas toujours ainsi, un temps viendra où je prendrai ma revanche ; où je ferai pour ma Juana ce que je n'ai pas voulu faire pour moi-même... Mais aujourd'hui nous nous contenterons d'une voiture de place : dites à Domingo, mon domestique, qu'il s'en aille chez le carrossier le plus voisin, prévenir qu'un élégant coupé soit à ma porte à sept heures précises.

La commission que Gomèz venait de donner à dame Rodriga n'était point du goût de celle-ci ; façonnée, habituée comme elle l'était aux habitudes de la vie claustrale, elle ne pouvait souffrir qu'une circonstance inattendue, de si mince importance qu'elle fût, vînt rompre, même une fois par hasard, l'ordre qu'elle avait établi dans la maison ; il semblait à cette duègne hautaine et revêche que toute dérogation aux usages invariables qu'elle avait introduits, en s'installant chez Gomèz, était un attentat contre son autorité, un empiètement sur ses priviléges ; aussi se promit-elle à elle-même qu'il n'en serait rien.

Amiens. — Typographie de CARON et LAMBERT.